W0289910

Oetinger

Frauke Scheunemann, geboren 1969 in Düsseldorf, ist promovierte Juristin. Seit 2002 ist sie freie Autorin und schrieb zusammen mit ihrer Schwester viele Besteller. 2010 erschien mit »Dackelblick« ihr erster Solo-Roman. Dieser und die nachfolgenden Bände standen monatelang auf der SPIEGEL-Bestsellerliste. 2013 debütierte sie im Kinderbuch und begeistert seitdem auch kleine Fans. Insgesamt hat Frauke Scheunemann weit über 2 Millionen Bücher verkauft. Sie lebt mit ihrem Mann und ihren vier Kindern in Hamburg.

Frauke Scheunemann

HENRY SMART

Götteragent im Einsatz

Verlag Friedrich Oetinger · Hamburg

FSC
www.fsc.org
MIX
Papier aus verantwortungsvollen Quellen
FSC® C083411

© 2018 Verlag Friedrich Oetinger GmbH,
Poppenbütteler Chaussee 53, 22397 Hamburg
Alle Rechte vorbehalten
Einband © John Kelly 2017
Satz: Dörlemann Satz, Lemförde
Druck und Bindung: CPI books GmbH,
Birkstraße 10, 25917 Leck, Deutschland
Printed 2018
ISBN 978-3-7891-0424-4
www.oetinger.de

Für den echten Henri

1. Kapitel

Wiedersehen macht Freude. Meistens jedenfalls.

Mathe ist so unglaublich langweilig, dass ich wahrscheinlich gleich einschlafe. Mr Thomas erklärt seit einer halben Stunde, wie man ein Geodreieck korrekt benutzt. Ein GEODREIECK! Ich würde sagen, damit wiederholt er ungefähr den Stoff der zweiten Klasse – was ein bisschen blöd ist, weil wir hier in der siebten Klasse sind. Mit anderen Worten: Ich bin begeistert! Ja, wirklich! Die eintönige Stimme von Mr Thomas ist einfach großartig. Er schwafelt irgendetwas von Linien und Winkeln, und ich bin richtig glücklich. Denn es ist nicht nur langweilig, sondern auch total ungefährlich. Keine Gefahr, nirgends. Nur Mr Thomas, das Geodreieck und ich. Oh, und die zickige Melissa Edgewood, die sich völlig unbeeindruckt neben mir die Fingernägel lackiert. Toll!

Allein der Gedanke an die letzten Sommerferien jagt mir kalte Schauer über den Rücken. Was mir da alles passiert ist, obwohl ich eigentlich mit sehr langweiligen Wochen mit Dad in Deutschland gerechnet hatte! Der Überfall der Riesen in unserer Pension, der Zwergenangriff im Tower von London und meine Zeitreise in den Sherwood Forest zu Robin Hood – dabei fast draufgehen inklusive –, nein, danke! Lieber NICHT daran denken. Lieber weiter vor sich hin dösen. Ruhe und Frieden. Genau mein Ding.

Ein lautes Klopfen an der Tür reißt mich aus meinem Nickerchen. Zwei Sekunden später steht unsere Schuldirektorin Mrs Jones im Klassenzimmer.

»Guten Morgen, Mr Thomas, guten Morgen, Klasse 7«, schreit sie förmlich, ohne dabei wütend zu klingen. Sie kann einfach nicht leiser sprechen. Vielleicht ist das so, wenn man schon seit zwanzig Jahren eine Highschool leitet.

»Guten Morgen, Principal Jones«, antworten wir im Chor. Meine Mitschüler verfolgen sie mit Blicken, als sie mit großen Schritten auf den Schreibtisch von Mr Thomas zumarschiert. Allerdings interessieren sie sich nicht für unsere Direktorin, sondern für das junge Mädchen, das sie hinter sich herzieht: Es hat rotblonde lange Haare, viele Sommersprossen und sieht sehr sportlich aus. Und vor allem kommt die Sommersprosse mir verdammt bekannt vor! Mir fällt vor Schreck das Geodreieck aus der Hand!

»Darf ich euch eine neue Mitschülerin vorstellen? Hilda Asen.« Mrs Jones dreht sich zu dem Mädchen. »Hilda, das ist deine neue Klasse.«

Das gibt es doch nicht! Vor mir, mitten in meiner Klasse, steht Hilda! Ja, genau: die Hilda, die ich gerade eben erst in Bayreuth zurückgelassen habe. Ich werd verrückt!

»Hilda Asen ist unsere neue Austauschschülerin aus

Deutschland«, erklärt Mrs Jones das Unerklärliche. »Sie wird das nächste Jahr mit euch zur Schule gehen.«
Melissa Edgewood zieht die Augenbrauen so hoch, dass sie fast in ihrem Haaransatz verschwinden, und flüstert ihrer Nachbarin etwas zu.
»Was will der Feuermelder denn hier? Und ist die nicht noch ganz schön jung für 'ne Austauschschülerin?«
Oberflächlich betrachtet hat Melissa recht. Austauschschüler gibt es sonst nur bei den älteren Kindern in den zehnten und elften Klassen. Bei uns Zwölfjährigen in der Junior High – Fehlanzeige. Was Melissa allerdings nicht weiß: Hilda ist viel älter als zwölf. Genau genommen auch viel älter als fünfzehn oder sechzehn Jahre. Ich würde eher auf dreitausend Jahre tippen, plus / minus fünfhundert Jährchen, wer weiß das schon so genau. Wem dreitausend Jahre jetzt ein klitzekleines bisschen zu alt vorkommen, dem kann ich das Ganze erklären: Hilda ist in Wirklichkeit eine Walküre und heißt eigentlich Brunhilde. Sie ist die Lieblingstochter von Wotan, DEM germanischen Götterchef, und selbst ein göttliches Wesen – was sind da schon drei- bis dreieinhalbtausend Jahre? Früher, bei den alten Germanen, hat Hilda die gefallenen Helden vom Schlachtfeld in die Ruhmeshalle geleitet, aber seit Ruhmeshallen aus der Mode gekommen sind, arbeitet sie im Agentenring ihres Vater mit.
Ich habe Hilda in den Sommerferien kennengelernt, als Dad und ich in der Pension ihrer Tanten, die in Wirklichkeit gar nicht ihre Tanten sind, wohnten. Ich, Henry Smart

aus San Francisco, Wand an Wand mit einer Walküre! Ein unglaublicher Zufall. Und so wurde ich dann Mitglied in Wotans Agentenring und musste plötzlich die Welt retten. Also, aus Versehen sozusagen. Eigentlich hatte ich gehofft, dass mein Leben nach den Ferien ruhiger werden würde, aber wenn Hilda jetzt hier in meinem Klassenzimmer steht, habe ich das blöde Gefühl, dass es mit der Ruhe bald vorbei sein könnte. Die Nummer mit dem Schüleraustausch kaufe ich ihr nämlich nicht ab!

Mrs Jones blickt sich im Klassenzimmer um.

»Wo könnten wir dich denn mal hinsetzen?«, überlegt sie laut. Das ist eine berechtigte Frage, denn in unserem Klassenzimmer sitzen wir nicht an Tischen, sondern auf Stühlen mit Klapptischen. Hilda könnte also theoretisch neben jedem von uns sitzen. Mrs Jones scheint eine Idee zu haben, ihre Miene hellt sich auf, und sie deutet in meine Richtung.

»Da! Am besten setzt du dich neben Henry. Soweit ich weiß, spricht Henry ganz gut Deutsch. Wenn du also etwas nicht verstehst, hilft er dir bestimmt gern.«

Hilda nickt und lächelt schüchtern, was in die Kategorie »beste Schauspielerin« fällt, weil schüchtern ist Hilda nun wirklich überhaupt nicht. Sie nimmt einen der leeren Stühle, die am Rand stehen, und schiebt ihn neben mich.

»Hallo, Henry!«, grüßt sie mich leise. Ich erwidere nichts, sondern starre stur geradeaus. Die soll bloß nicht glauben, dass ich mich freue, sie zu sehen!

In der ersten Pause beweist Hilda, dass sie eine Sache einfach eins a draufhat: sich mit mächtigen Feinden anlegen. Oder besser: sich die Mächtigen überhaupt erst mal zu Feinden machen. Sie reißt die Klappe nämlich ganz schön weit auf – und das am ersten Tag.
Aber der Reihe nach: Wir stehen zu zweit im Gang bei den Schülerspinden. Ich will Hilda gerade erklären, wie das mit dem Zahlenschloss am Schrank funktioniert, als Melissa rein zufällig an uns vorbeischlendert. Im Schlepptau hat sie Emily und Cathy, ihre beiden glühendsten Verehrerinnen.
»Der Klassen-Nerd und der Feuermelder – das neue Traumpaar«, flötet Melissa, und zwar so laut, dass wir es auf alle Fälle hören. Emily und Cathy kichern, ich rolle mit den Augen, Hilda hingegen verzieht keine Miene.
Die Mädchen kommen näher. Melissa mustert Hilda abschätzig von oben bis unten.
»Stimmt es eigentlich, dass ihr in Deutschland jeden Tag Sauerkraut esst?«, will sie dann wissen. Ihr Fanklub lacht böse. Hilda erwidert ihren Blick kühl, sagt aber nichts. Ich zupfe an ihrem Ärmel, will sie Richtung Ausgang ziehen. Bloß weg von den dummen Ziegen!
»Hey, Smart!«, meckert Melissa. »Nicht so schnell! Ich unterhalte mich doch gerade so nett mit deiner neuen Freundin. Wenn sie mir schon nichts über ihre Essgewohnheiten in Deutschland erzählen will, dann vielleicht über ihre Haustiere?« Sie grinst gehässig. »Na, Freckles, habt ihr in good old Germany alle einen Schäferhund?«

»Wuff, wuff!« Emily springt vor Hilda auf und ab, und Cathy will es ihr gerade nachmachen, als das Fenster im Gang mit einem lauten Knall auffliegt. Eine Orkanböe reißt die Jalousien aus ihrer Befestigung, sodass sie laut zu Boden krachen. Plötzlich ist es draußen stockdunkel, die Notbeleuchtung an der Decke über uns springt an. Aus der Ferne höre ich ein seltsam vertrautes Geräusch, fast wie ein Rauschen oder Sausen. Es kommt näher, und ich erkenne, dass es das laute Schlagen von Flügeln ist. Dazu noch ein heiseres Krächzen – ich weiß sofort, wer hier im Anflug ist!

Melissa, Cathy und Emily haben natürlich keinen Plan, mit großen Augen stehen sie da und bewegen sich keinen Millimeter. Leichte Beute, würde ich sagen. Und in diesem Moment schießt auch schon der erste Rabe durch das Fenster. Hugin oder Munin – ich kann die beiden nicht auseinanderhalten, Wotans Raben sind sich einfach zu ähnlich. Einer fliegt direkt auf Melissa zu und fährt ihr mit seinen Krallen in die Haare. Sie schreit laut auf und schlägt wild um sich, während Cathy und Emily vor Schreck einen Satz nach hinten machen. Das nützt ihnen aber nichts, denn in diesem Moment stürzt der andere Rabe durch das Fenster und attackiert die beiden.

»Hilfe!«, schreit Melissa mit schriller, panischer Stimme. »Hilfe! Helft uns!« Sie schlägt weiter um sich, verliert durch ihre rudernden Arme schließlich das Gleichgewicht und schlägt der Länge nach auf den Boden. Emily und Cathy kreischen und hauen ebenfalls nach den Raben,

können dadurch aber nicht verhindern, dass ihnen Hugin und Munin eine schicke neue Sturmfrisur verpassen.
Als Hilda in die Hände klatscht, ist der Spuk schlagartig beendet. Die Raben fliegen nach draußen, das Sturmgetöse legt sich, die Sonne scheint wieder. Der Flur sieht aus wie immer, als sei rein gar nichts geschehen. Kein einziges Blättchen ist mit den Raben hineingeweht. Nur drei völlig zerzauste Mädchen erinnern daran, was sich hier gerade abgespielt hat. Mitschüler schlendern achtlos vorbei, keiner von ihnen scheint etwas von dem Angriff mitbekommen zu haben. Sehr mysteriös!
»Was ... was war das?«, flüstert Melissa sichtlich geschockt. Hilda lächelt sie freundlich an.
»Was wolltest du noch mal wissen? Haustiere in Deutschland? Ach ja – deine Frage war, ob wir alle Schäferhunde haben?« Sie schüttelt den Kopf, ihr Lächeln verzieht sich zu einem frechen Grinsen. »Nein, ich zum Beispiel habe keinen Schäferhund. Ich habe zwei Vögel.«
Dann dreht sie sich um und lässt die drei einfach stehen.

»Wow, Hilda! Du gibst ja ganz schön Gas!«, bemerke ich, halb anerkennend, halb erstaunt, während ich Hilda hinterherlaufe. »Dir ist hoffentlich klar, dass du dich gerade mit den drei größten Monsterzicken angelegt hast. Melissa, Emily und Cathy – wenn du bei denen unten durch bist, kriegst du hier kein Bein mehr auf den Boden.«
Hilda bleibt stehen und schaut nach unten.

»Sei unbesorgt, Henry. Mit meinen Füßen ist noch alles in Ordnung. Sie stehen ausgesprochen sicher auf dem Grund.«
»Nun tu doch nicht so, als hättest du mich nicht verstanden. Du weißt ganz genau, was ich meine. Besser, du gehst den dreien einfach aus dem Weg. Vielleicht vergessen sie dann, dass du ihnen die Raben auf den Hals gehetzt hast. Sonst hat du hier an der Schule keine schöne Zeit.«
»Henry!«, knurrt mich Hilda mit strenger Stimme an. »Erstens: Ich habe ihnen die Raben meines Vaters nicht auf den Hals gehetzt, ich habe sie einfach um ein bisschen Hilfe gebeten. So von göttlichem Wesen zu göttlichen Wesen. Zweitens: Ich plane an dieser Schule sowieso keine schöne Zeit. Genauer gesagt, ich plane gar keine Zeit. Denn ich bin nur hier, um dich zu unserem neuen Einsatz abzuholen.«
Oh nein! Ich hab's geahnt! Hilda ist nicht hier, um ihr Englisch zu verbessern! Aber so aufregend meine Sommerferien auch waren, das mache ich nicht noch einmal mit!
»Hilda, versteh mich nicht falsch, aber für eine Dauerbeschäftigung in eurem Agentenring bin ich einfach nicht der Richtige. Ich meine, die Jagd nach dem Nibelungengold war schon spannend und so, aber, ich glaube, auf Dauer nicht mit meinem Job als Schüler der siebten Klasse zu vereinbaren. Also nimm's mir nicht übel, aber: Nein, danke!«
Hilda schaut mich an, als ob ich eben etwas sehr Lustiges gesagt hätte.
»*Nein, danke?* Ich glaube, du hast mich falsch verstanden.

Das war keine Bitte, sondern ein Befehl. Und zwar von Wotan höchstpersönlich. Er ist hier in San Francisco und erwartet uns. In genau einer Stunde. Ich schlage also vor, du packst schnell deine Sachen, und dann geht es los.«
Was? Der Götterchef ist in San Francisco? Das ist wirklich der Hammer! Dann muss es echt ernst sein. Ein Grund mehr, sich aus der Angelegenheit rauszuhalten.
»Nein.« Mehr sage ich nicht. Schlicht und ergreifend NEIN.
Hilda reißt die Augen auf und mustert mich erstaunt.
»Wie bitte?«
Okay, dann noch mal zum Mitschreiben!
»Ich – komme – nicht – mit. Unser Einsatz in London war toll, trotzdem bin ich froh, jetzt wieder ein ganz normaler Schüler zu sein, der sich in Mathe langweilt. Bestell deinem Vater viele Grüße – sein Vertrauen ehrt mich, aber das neue Schuljahr hat gerade angefangen, und ich habe leider keine Zeit, ihm zu helfen.«
Hilda schnappt regelrecht nach Luft.
»Henry Smart! Einmal Agent, immer Agent! Das kann man sich nicht so einfach aussuchen! Wenn der Götterchef ruft, kommt man gefälligst! Und zwar sofort! Also sag deinen Lehrern, dass du Kopfschmerzen hast, und dann los!«
Mann, Mann, Mann, jetzt geht mir Hilda aber langsam echt auf den Zeiger.
»Nee, so läuft das hier nicht. Mein Land, meine Regeln. Und die Regel sagt: Geh zur Schule. Und Henry sagt: Er geht zur Schule.«

Ich muss fast grinsen, als ich mir selbst zuhöre. Denn jetzt klinge ich eindeutig wie Dad, der Schule und alles, was damit zusammenhängt, sehr ernst nimmt. Hilda seufzt. Als sie weiterspricht, ist ihre Stimme butterweich.
»Okay, Henry. Wenn es denn unbedingt sein muss: Würdest du BITTE mitkommen? Und BITTE gemeinsam mit mir verhindern, dass die Welt in den Abgrund gerissen wird? Wärst du so liebenswürdig?«
Gut, das ist jetzt fast ein bisschen zu dick aufgetragen.
»So schlimm wird es schon nicht«, wiegle ich ab. »Ihr kriegt das schon ohne mich hin.«
Hilda starrt mich an.
»Henry Smart! Es *wird* so schlimm! Wir haben eindeutige Beweise: Alberich ist kurz davor, sich Nibelungengold unter den Nagel zu reißen. Wenn ihm das gelingt, sind wir verloren. Wir alle! Willst du das etwa zulassen?«
Jetzt bin ich es, der seufzt. Am Weltuntergang will ich natürlich nicht schuld sein. Der könnte aber tatsächlich drohen, wenn Alberich aus dem Gold einen Ring schmiedet, mit dem er die Weltherrschaft an sich reißen kann. Ich werfe einen Blick auf die Uhr, die gegenüber vom Schuleingang hängt. Elf Uhr. Gleich haben wir Biologie. Okay, schätze mal, Mrs van Dyke und die Anatomie der Meeressäuger müssen heute ohne mich auskommen.

2. Kapitel

Alte Bekannte.
Und neue, sehr alte Bekannte.

San Francisco ist definitiv die schönste Stadt der Welt. Und Fisherman's Wharf ist das schönste Fleckchen der Welt. Meine Meinung. Viele sehen in den Holzhäuschen auf Stelzen und den Bootsanlegern am Hafen nur eine Falle, die Touristen anlocken soll, aber ich mag die Seeluft und den Blick auf die Bucht total gerne. Als ich klein war, war ich mit Mom und Dad häufiger hier. Dann bin ich immer Karussell gefahren und habe mir die Fische im Aquarium angeguckt. Und die Seelöwen, die am Pier faul in der Sonne dösen.

Als ich mit Hilda den kleinen Jachthafen ansteuere, der direkt neben der Wharf liegt, bin ich fast ein bisschen traurig. Ich denke an die letzten Ausflüge mit Mom. Es ging ihr wahrscheinlich nicht besonders gut, weil sie schon sehr krank gewesen sein muss, aber trotzdem war sie immer fröhlich und lustig. Sie hat Grimassen geschnitten und die Seelöwen imitiert, einem der Straßenmusiker ein großes Eis geschenkt, weil sie sich so über seine Musik gefreut hat, und dann hat sie Dad dazu überredet, an der Bude neben dem Karussell so viele Lose zu kaufen, bis wir endlich den riesengroßen Teddybären gewonnen hatten, den ich so toll fand. Schätze mal, Dad hat dem Losverkäufer ungefähr 200 Dollar in die Hand gedrückt. Das war also der teuerste Teddy der Welt!

»Henry?« Hilda zupft mich am Ärmel. »Alles in Ordnung bei dir?«

Ich nicke. »Klar, wieso?«

»Du wirkst auf einmal so abwesend. Ich wollte dir gerade von unserem nächsten Einsatz erzählen, aber du hörst mir gar nicht zu.«

Ich zucke mit den Schultern.

»Ich musste gerade an meine Mom denken. Ich war früher häufiger mit meinen Eltern hier.«

»Deine Mutter lebt nicht mehr, richtig?«

»Ja. Sie ist vor fünf Jahren gestorben.«

»Das tut mir sehr leid! Für euch Menschen ist die Mutter schon ziemlich wichtig, oder?«

Ich bleibe stehen und mustere Hilda. So, wie sie das sagt, klingt es schon ziemlich seltsam. Außerdem fällt es mir immer wieder schwer, daran zu denken, dass Hilda tatsächlich gar kein Mensch ist.

»Klar ist eine Mutter wichtig! Ist das denn bei den Göttern so anders?«

Hilda legt den Kopf schief und scheint zu überlegen.

»Ja. Ganz schön anders. Ich kenne meine Mutter gar nicht persönlich. Und mein Vater – na ja. Unser Verhältnis ist nicht so … äh … eng? Kann man das so sagen? Wir haben nicht so ein enges Verhältnis wie zum Beispiel du und dein Vater.«

Jetzt bin ich es, der kurz nachdenkt.

»Aber hast du mir nicht erzählt, dass du Wotans Lieblingstochter bist?«

Hilda lacht.

»Ich glaube, ich sagte, seine *angebliche* Lieblingstochter.«

»Also stimmt das gar nicht?«

»Im Großen und Ganzen schon. Aber bei entscheidenden Kleinigkeiten eben auch manchmal nicht. Ist ja auch egal. Lieblingstochter hin, Lieblingstochter her – jedenfalls ist Wotan zwar mein Vater, aber im Grunde genommen eher mein Chef. Uns verbinden auch keine Kindheitserinnerungen. Er hat mir nie die Schuhe zugebunden oder die Nase geputzt oder was Menschenväter so machen.«

Sie holt tief Luft, dann sagt sie nichts mehr. Wahrscheinlich hat sie keine Lust, weiter darüber zu reden. Macht nichts, ich will auch nicht mehr über meine Mutter sprechen. So laufen wir eine ganze Weile schweigend nebeneinanderher, bis wir an das Tor des Jachthafens kommen, der an die Wharf grenzt.

»Stopp, hier sind wir richtig«, lotst mich Hilda durch den Eingang, direkt auf die Segelschiffe zu, die hier vor Anker liegen. Sanft schaukeln die Boote vor sich hin, friedlich sieht das aus. So gar nicht nach einem gefährlichen Einsatz mit dem Ziel »Weltrettung«, eher nach einem erholsamen Urlaub am Meer mit Angeln, Tauchen und Schwimmen.

»Da vorn liegt es.« Hilda deutet auf ein mittelgroßes Segelschiff mit rotem Rumpf.

»Sag mal, willst du etwa sagen, ihr seid mit diesem kleinen Teil von Bayreuth bis nach San Francisco gekommen? Und überhaupt – Bayreuth liegt doch mitten in Deutschland. Da ist ein Boot doch total unpraktisch.«

Hilda grinst.

»Du unterschätzt das Boot. Guck mal, wie es heißt!«

Ich laufe näher heran, um die Schrift am Bug lesen zu können. *Xerton 2*. XERTON! Ein Schauer läuft mir über den Rücken! Das Xerton ist das Herz von Wotans Agentenzentrale in Bayreuth. Hier laufen alle Fäden zusammen, hier werden Agenten ausgebildet, hier tüftelt Lodge an neuen Gadgets, und hier brütet Wotan über neuen Einsätzen. Was aber hat dieses kleine rote Segelboot damit zu tun?

»Hey, da seid ihr ja endlich!«, schallt es vom Boot zu uns herüber. Ich sehe zwar niemanden, aber die Stimme erkenne ich sofort. »Meine Güte, seid ihr auf allen vieren hierhergekrochen, oder warum hat das so lange gedauert?« Ein markerschütterndes, irgendwie eingebildet klingendes Lachen. Kein Zweifel: Siegfried, der Held, befindet sich an Bord der Xerton 2. Und da taucht er auch schon hinter dem Mast auf und winkt uns zu. Hilda schnaubt genervt.

»Hallo, Siegfried«, erwidert sie seinen Gruß kurz angebunden. »Ich glaube, du hast keine Ahnung, wie groß San Francisco ist. Aber kein Wunder. Jemand, der fast sein ganzen Leben in einem Kaff wie Bayreuth verbracht hat, denkt wahrscheinlich, dass man jeden Ort dieser Welt in fünf Minuten mit dem Fahrrad erreichen kann.«

Erwähnte ich, dass Hilda und Siegfried sich nicht leiden können? Nein? Ist aber so. Siegfried ist ein ziemlich selbstverliebter Held und außerdem Wotans Enkel. Deswegen hält der große Stücke auf ihn, was Hilda total nervt. Sie lässt meistens keine Gelegenheit aus, Siegfried eins reinzuwürgen. Siehe jetzt gerade. Obwohl Hildas Bemerkung schon ein bisschen ungerecht ist. Siegfried mag wirklich nicht die hellste Kerze auf der Torte sein – aber große Städte kennt er mit Sicherheit ziemlich viele. Als Agent kommt er schließlich ganz schön rum, und bei unserem Einsatz in London war er natürlich auch dabei.

Siegfried lässt Hildas Gezicke einfach an sich abperlen und zeigt uns stattdessen sein strahlendes Lächeln, das mich sehr stark an Zahnpastawerbung erinnert.

»Nun kommt schon an Bord, Kinder!«, sagt er gönnerhaft. »Loge und Wotan warten schon auf euch – die tun geradezu so, als seid ihr wirklich wichtig für unseren nächsten Einsatz.« Er lacht wieder und fährt sich dabei durch seine dichten blonden Haare. Eine Geste, die unglaublich eingebildet aussieht und irgendwie albern. Schlagartig fällt mir wieder ein, dass Siegfried nicht nur Hilda ziemlich auf die Nerven geht. Mir bei unserem letzten Abenteuer auch.

Wortlos klettern Hilda und ich an Bord, Siegfried geht vo-

ran und zeigt uns den Weg zum Niedergang, eine schmale Stiege, die in den Rumpf des Schiffes führt. Unten angekommen, wartet eine Riesenüberraschung auf uns – im wahrsten Sinne des Wortes. Denn wir stehen inmitten eines Raumes, der mindestens fünf Mal so groß ist, wie das Schiff von außen aussieht. Und während das Schiff oben auf dem Deck völlig normal aussieht, ist es hier im Inneren eine ziemlich exakte Kopie des Xerton in Bayreuth: an den Wänden große Bildschirme, ein Haufen Computer, die ununterbrochen blinken und Pieptöne von sich geben, und in der Mitte des Raumes ein Tisch mit einem Schaltpult und drei weiteren Monitoren. Okay, ein bisschen kleiner ist es hier unten schon als im Original-Xerton, aber es muss definitiv größer sein als das eigentliche Schiff. Was genau genommen unmöglich ist. Jedenfalls, wenn Menschen das hier gebaut hätten. Bei göttlichen Bootsbauern sieht es wahrscheinlich anders aus. Da ist Innen schon mal größer als Außen.
»Henry, mein Junge! Wie schön, dich zu sehen!« Diese dröhnende Stimme würde ich überall auf der Welt und zu jeder Tages- und Nachtzeit wiedererkennen: Es ist Wotan höchstpersönlich! Der Götterchef der Germanen!
Und da taucht auch schon sein Kopf hinter einem der großen Monitore auf, die auf dem Besprechungstisch in der Mitte stehen: graue Locken, streng nach hinten gekämmt, der Bart gestutzt und natürlich die obligatorische Sonnenbrille, hinter der er versteckt, dass sein linkes Auge fehlt. Er grinst und winkt uns zu sich heran.

»So schnell sieht man sich wieder, nicht wahr?«
Ich nicke, sage aber nichts.
»Hat es dir seit unserem letzten Treffen die Sprache verschlagen?« Wotan guckt erstaunt. »Scheinst ja nicht gerade begeistert, mich wiederzusehen!«
»Sei froh, dass er überhaupt hier ist, Vater! Er wollte erst gar nicht mitkommen. Meinte, dass die Schule wichtiger ist und er sie auf keinen Fall verpassen darf«, fasst Hilda im Wesentlichen richtig zusammen, was ich ihr erzählt habe. Wotan legt den Kopf schief und betrachtet mich durch seine dunklen Brillengläser.
»Henry, nach allem, was ich über Kinder und Schule weiß – und ich gebe zu, das ist nicht viel! –, habe ich Grund zu der Annahme, dass das eine faule Ausrede war!«
»Genau!«, ruft Siegfried. »Niemand geht gern zur Schule!«
Hilda wirft ihm einen bösen Blick zu.
»Woher willst du das denn wissen? Du bist doch noch nie in einer gewesen!« Sie macht eine kurze Pause, dann setzt sie böse hinterher: »Was man im Übrigen auch merkt.«
»Ha!«, schnaubt Siegfried. »Als ob du selbst zur Schule ...«
»Kinder, Ruhe jetzt!« Wotan haut mit der flachen Hand auf die Tischplatte vor ihm. »Also, Henry, ist ja auch egal – Hauptsache, du bist da. Wir dürfen nämlich keine Zeit verlieren. Das Team steht: Loge, Urd, alle da! Es kann sofort losgehen!« Er zwinkert mir aufmunternd zu.
»Äh, darf ich fragen, worum es überhaupt geht?«, stottere

ich. Wotan so direkt zu sagen, dass ich keinesfalls Lust habe, noch einmal als Aushilfsagent einzuspringen, traue ich mich nicht. Wotans Kopf fährt zu Hilda herum.

»Hast du ihm noch gar nichts erzählt?«

Hilda zuckt mit den Schultern. »Nein. Ich dachte, das sei Chefsache.«

Darauf erwidert Wotan nichts, stattdessen steht er vom Tisch auf und dreht sich zum hinteren Teil des Rumpfes um.

»Loge, kommst du bitte? Verbindest du uns noch mal mit Paris? Er müsste jetzt da sein. Wir sind verabredet.«

Paris? In Frankreich? Ich verstehe immer noch rein gar nichts. Keine zwei Sekunden später steht Loge neben uns. Klein, Halbglatze, Brille, ein listiges Lächeln im Gesicht – genau so hatte ich ihn in Erinnerung.

»Hallo, Henry! Bereit für deine nächste Mission? Dann setz dich!«

Als ich seiner Aufforderung nicht gleich nachkomme, legt er seine Hände auf meine Schultern und drückt mich sanft auf einen der Stühle am Tisch. Dann tippt er auf dem Schaltpult herum, woraufhin ein Bild auf den Monitoren aufflackert: ein leeres Zimmer, schmucklos, weiß gestrichene Wände, keine Fenster, hinten rechts eine Tür. Ich blicke Wotan fragend an.

»Momentchen noch. Eigentlich sollte er längst da sein, aber die Franzosen und Pünktlichkeit ... na ja!«

Loge drückt noch ein paar andere Knöpfe, und in dem Zimmer, das wir auf den Monitoren sehen, ertönt ein

Klingeln. Kurz darauf wird die Tür aufgestoßen – und dann blickt uns ein älterer Herr mit wuscheligen dunklen Haaren entgegen.
»Oh, bonsoir! Oder bonjour? Wie spät ist es eigentlich bei euch? Na, egal. ’allo, Wotan! Ça va?«
»Ja, ja. Ich möchte dir jemanden vorstellen.« Er dreht den Monitor zu mir, sodass ich direkt in die Bildschirmkamera schaue. »Das ist Henry, Henry Smart.«
»Ein Junge?« Der Typ schaut verständnislos, und ich kann ihn voll verstehen. Was auch immer dieser Mann für Probleme hat – er ist bestimmt nicht scharf drauf, dass ein Siebtklässler sich darum kümmert. Wotan hingegen knurrt nur kurz.
»Ach was! Henry ist einer meiner fähigsten Agenten. Hat in London neulich einen brillanten Job gemacht. Eins a, ohne ihn wären wir aufgeschmissen gewesen!« Wieder ein Schnauben, diesmal allerdings nicht von Wotan, sondern von Siegfried, der schräg hinter mir steht und mit dieser Aussage seines Großvaters ganz offensichtlich nicht einverstanden ist.
Der Typ schaut immer noch zweifelnd in die Kamera, gibt sich dann aber einen Ruck.
»Alors, bien sûr. Wenn du meinst, Wotan. Dann sage ich: Willkommen im Team, Henry Smart. Ich bin Charles de Batz-Castelmore d’Artagnan, aber eigentlich nennen mich alle nur D’Artagnan.«
D’Artagnan? Da klingelt doch etwas bei mir. Den Namen habe ich irgendwo schon mal gehört. Ist das nicht …?

Es dauert einen kurzen Moment, dann fällt es mir ein: D'Artagnan! Richtig: D'ARTAGNAN! Das ist doch das vierte der drei Musketiere! Ja, ich bin mir sicher: Porthos, Athos, Aramis und eben d'Artagnan. Genauso hießen die auch in einem Film, den ich neulich erst mit Dad gesehen habe. Und der spielte tatsächlich in Paris. Die Musketiere mussten irgendwie die Ehre der französischen Königin retten. Oder so ähnlich. Auf jeden Fall waren sie heldenhafte, mutige Typen, die immer für das Gute gekämpft haben. Erst zu dritt, dann mit d'Artagnan zu viert. Alter Verwalter! Wenn es die Truppe also wirklich gab, dann hat gerade ein echter Held mit mir gesprochen – und zwar einer, der ungefähr vierhundert Jahre alt ist.

3. Kapitel

Alarmstufe Rot, Keuchhusten und ein neuer Deal

Ich fasse es nicht – auf der anderen Seite der Kamera sitzt ein echter Musketier! Noch vor zwei Monaten hätte ich mich jetzt weggeworfen vor Lachen und kein Wort geglaubt, aber mittlerweile bin ich schlauer. Immerhin habe ich bei meinem letzten Einsatz sogar den echten Robin Hood kennengelernt. Diesmal also einen französischen Helden. Gut, richtig taufrisch schaut er nicht mehr aus, aber auch nicht wie vierhundert. Ich schätze ihn eher so auf sechzig.

»Und Sie sind d'Artagnan! Einer der berühmten Musketiere?«, frage ich vorsichtshalber nach.

»Bon, du hast also schon von mir gehört?« D'Artagnan klingt äußerst erfreut.

»Ja, ich habe einen Film über Ihre Geschichte gesehen.«

»Ah, oui, ein Film. Sicher, es gab viele Filme. Am bekanntesten aber ist das Buch von Alexandre Dumas. Ein weltberühmter Roman über mich. Sicher, die Wirklichkeit war noch spannender, aber das Buch war schon nicht schlecht. Pas mal! Vor allem die Szene, wo ...«

»D'Artagnan, das reicht jetzt!«, würgt ihn Wotan ab. »Du kannst Henry die alten Geschichten auch später noch erzählen. Jetzt geht es erst mal um deine Beobachtungen! Also bitte!«
D'Artagnan verzieht den Mund und guckt schwer beleidigt, beginnt dann aber zu erzählen.
»Alors, es begann mit den Zwergen. Zwerge, überall Zwerge! Schon seit Tagen! Man kann den Louvre nicht mehr betreten, ohne über sie zu stolpern! Sie sehen aus wie Schüler. Aber es sind Zwerge, ganz sicher. Alberichs Zwerge spionieren den Louvre aus.«
»Der Louvre ist ein großes Museum, richtig?«, will ich von d'Artagnan wissen. Er nickt.
»Mais oui! Das berühmteste Museum der Welt. Riesengroß, voller wertvoller Kunstwerke! Denke nur an die Mona Lisa, sie hängt dort! Der Louvre war einst das Stadtschloss der französischen Könige. Ah, wenn ich nur bedenke, wie oft ich damals mit meinen treuen Kameraden ...«
»Ja, ja«, unterbricht ihn Wotan unwirsch, »die gute alte Zeit! Aber jetzt endlich mal zurück zur Gegenwart: Du weißt, was die Zwerge wollen, richtig?«
»Oui. Sie sind überall, aber vor allem im Richelieu-Flügel.«
»Was ist das?«, frage ich nach.
»Der Teil des Schlosses, der nach Kardinal Richelieu benannt ist«, erklärt d'Artagnan. »Hier sind unter anderem Gemälde und Kunstgegenstände aus dem Frankreich des

17. Jahrhunderts ausgestellt. Ich vermute also, dass die Zwerge genau hier etwas Bestimmtes suchen. Und ich bin mir sehr sicher, dass dieses gewisse Etwas aus Gold ist.« Er holt tief Luft. »Aus Nibelungengold!«
Wotan nickt. »Dann dürfte ja wohl klar sein, was …«
Diesmal ist es d'Artagnan, der Wotan unterbricht.
»Oui, c'est évident – es ist doch sonnenklar: Alberich hat offenbar Nibelungengold entdeckt. Das braucht er für den Ring. Wir müssen ihm zuvorkommen! Tout à fait! Unbedingt! Wotan, ich sage immer …«
»Ja, ja«, brummt Wotan genervt, »vielen Dank für deine Einschätzung. Den Rest regeln wir hier selbst. Du hörst dann von uns.«
Pling! Schon hat Wotan die Verbindung gekappt, der Bildschirm wird schwarz.
»Pah, als ob ICH nicht wüsste, was zu tun ist«, mosert er weiter vor sich hin, während er sich durch die Haare streicht und sich dann zu mir umdreht.
»Tja, Henry, du hast es gehört. Alberich ist wieder auf der Jagd. Alarmstufe Rot, diesmal im Louvre. Und da das beim letzten Mal im Museum ganz hervorragend geklappt hat, bist du natürlich meine erste Wahl!«
Ich seufze, Wotan nickt mir aufmunternd zu.
»Niemand kommt so unauffällig durch ein Museum wie zwei vermeintliche Schulkinder!«
»Und begleitet von ihrem absolut coolen und toughen Onkel, kann da rein gar nichts anbrennen! Das kann selbst der kleine Henry nicht vermasseln«, dröhnt Siegfried hin-

ter mir und meint das mit Sicherheit völlig ernst. Ich bilde mir ein, Hilda kichern zu hören.
»Ich weiß nicht«, erwidere ich matt. Wotan mustert mich eindringlich durch seine dunklen Brillengläser.
»Henry, es kommt nicht oft vor, dass ich einen Menschen um etwas bitte. Genau genommen gar nicht. Und genau genommen müsste ich es auch nicht, das weißt du, oder? Ich könnte es auch einfach befehlen. Trotzdem tue ich es diesmal. Ich bitte dich, für mich nach Paris zu fahren. Weil du der beste Mann für den Job bist!«
Empörtes Brummeln hinter meinem Rücken. Siegfried ist natürlich eingeschnappt, traut sich aber auch nicht, seinem Großvater mal die Meinung zu geigen. Weichei!
Hilda hingegen sieht sehr gut gelaunt aus und knufft mich in die Seite.
»Hey, was gibt's denn da noch zu überlegen? Eine freundliche Bitte vom Götterchef persönlich – mehr geht doch wohl nicht! Also, ich würde sagen: Leinen los und auf nach Paris, und zwar pronto!«
Ach, seien wir mal ehrlich – ich stehe vor der Wahl, mit einem echten Musketier durch Paris zu toben oder in die Geometriestunde von Mr Thomas zurückzugehen. Gerade will ich zusagen, da fällt mir ein, dass die Sache noch einen kleinen Haken hat: Dad.
»Okay, okay, wenn ich ehrlich bin, würde ich euch schon gern helfen – aber was erzählen wir meinem Vater? Der Ausflug nach London lag in den Schulferien, da war er ziemlich locker. Aber wenn wir ihm jetzt erzählen, dass

wir schnell mal nach Paris müssen, zeigt der mir 'nen Vogel. Und einfach abhauen – nee, das mach ich nicht. Da würde Dad durchdrehen vor Sorge.«

»Henry, Henry!«, Wotan schüttelt den Kopf. »Du glaubst wohl auch, dass so ein alter Germanengott wie ich nicht mehr dazulernt, oder? An deinen Vater habe ich natürlich gedacht, und ich habe auch eine Lösung für dieses Menschenproblem.«

Er drückt einen Knopf auf dem Schaltpult und spricht in das Mikrofon, das seitlich davon angebracht ist.

»Vera, kommst du mal kurz?«

Ich ahne, wer gleich erscheinen wird: Frau Verdan-Dimitrowski, genannt Vera. Sie heißt in Wirklichkeit Verdandi und ist eine der drei germanischen Schicksalsgöttinnen, eine sogenannte Norne. Die anderen beiden heißen Urd und Skuld, werden aber zur Tarnung Frau Urdmann und Frau Skuldmöller genannt, und zu dritt führen sie die kleine Pension »Esche«, in der Dad und ich diesen Sommer erst in den ganzen Schlamassel mit Alberich und Wotan geraten sind. Mir war schon in Bayreuth aufgefallen, dass Vera meinen Vater irgendwie gut zu finden schien. Allerdings hält er sie für eine alte Frau. Wenn die Nornen wollen, können sie uralt aussehen. Oder jung. Ganz wie es ihnen passt.

Mit meinem Verdacht liege ich richtig: Es ist tatsächlich Frau Verdan-Dimitrowski, die kurze Zeit später erscheint. Für mich sieht sie aus wie eine vierzigjährige Frau, also etwa in Dads Alter. So ist es auch jetzt: Sie trägt einen schwingenden Rock und ein T-Shirt mit V-Ausschnitt, dezentes Make-up, die blonden Haare kinnlang und in leichten Wellen hinters Ohr geklemmt. Also gepflegt, aber nicht übertrieben. Als Norne ist Verdandi übrigens für die Gegenwart zuständig, sie kann das Hier und Jetzt beeinflussen.

»Oh, mein lieber Henry! Wie schön, dich zu sehen!«, begrüßt sie mich freundlich. »Ist dein Vater denn auch mitgekommen?« Sie schaut sich im Rumpf um, dann meine ich, eine leichte Enttäuschung auf ihrem Gesicht zu sehen. Ich sag's ja – sie mag Dad!

»Nein, leider nicht. Hildas Besuch kam für mich ziemlich überraschend, und ich hatte noch gar keine Zeit, meinem Vater davon zu erzählen.«

»Tja«, sagt Wotan und klatscht dabei in die Hände, »das ist jetzt auch gar nicht mehr nötig, denn unsere liebe Vera wird deinem Vater einen Besuch abstatten. Dabei wird sie die Zeit entkoppeln, und schon merkt dein Vater gar nicht, wie lange du weg bist. Weil bei ihm nämlich gerade erst der Nachmittag rum ist.«

»Zeit entkoppeln?«, echoe ich verständnislos.

»Genau. Sie setzt deinen Vater gewissermaßen in eine Zeitblase, die er erst verlässt, wenn du wieder da bist. Egal, wo er sich dann aufhält – er wird das Bewusstsein für Zeit völlig verloren haben.«

»Tut das weh? Kann ihm dabei etwas passieren?«

»Nein. Mach dir keine Sorgen. Verdandi hält nur gewissermaßen sein persönliches Rad der Zeit ein wenig an.«

»Und meine Schule?«
»Für deine Schule habe ich schon ein sehr schönes, offizielles ärztliches Attest parat«, mischt sich jetzt Loge ein, »die perfekte Fälschung. Sieht aus wie von deinem Kinderarzt. Du hast Keuchhusten, du Armer. Leider sehr ansteckend. Niemand darf dich besuchen. Oberste Anweisung von Dr. Scott.«
»Woher weißt du, wie mein Kinderarzt heißt?«
Loge grinst.
»Berufsgeheimnis. Nur so viel: Das herauszufinden war für jemanden mit meinen Fähigkeiten ein Leichtes.«
Na gut, klingt ja wirklich so, als hätten Wotan & Co. an alles gedacht. Also ein Abenteuer ohne lästige Nachfragen aus der Schule. Irgendwie schon ganz cool.
Ich reiche Wotan die Hand.
»Okay, ich bin dabei!«
Der Götterchef schließt seine Riesenpranke um meine Finger und drückt kurz, aber kräftig zu.
»Willkommen an Bord, Henry Smart!«

4. Kapitel

Eine Seefahrt, die ist lustig!

Die Xerton tuckert aus dem Hafen. Kaum hat Frau Verdan-Dimitrowski das Boot verlassen, hat Loge auch schon den Motor angeschmissen. Ich werfe einen letzten Blick auf San Francisco. Good-bye, Zuhause! Hilda stellt sich neben mich an die Reling. Der Wind streicht durch ihre langen Haare, sie sieht ziemlich entspannt aus. Ein paar der Seelöwen, die sich eben noch am Pier gesonnt haben, schwimmen uns hinterher und hoffen offenbar auf Futter. Fühlt sich eher nach Familienausflug an, nicht nach Agentenabenteuer.

»Ich hoffe, Alberich und seine Zwerge sind nicht von der schnellen Sorte«, überlege ich laut.

»Wieso?«, will Hilda wissen.

»Na ja, bei dem Tempo brauchen wir wahrscheinlich ein halbes Jahr bis nach Frankreich. Bis dahin wird auch der dümmste Zwerg das Gold im Louvre gefunden haben.«

Hilda lacht.

»Unterschätze unser kleines Boot nicht. Hole lieber noch mal tief Luft, bevor es so richtig zur Sache geht.«

Ich schaue mich um. Möwen kreisen kreischend um un-

seren Mast, die Segel sind noch vertäut. Was, bitte, soll denn hier richtig zur Sache gehen?
»Wären wir nicht schneller, wenn wir zumindest mal die Segel setzen würden?«, rufe ich Loge zu, der hinter dem Steuerrad steht und uns aus der Bucht hinausmanövriert. Der antwortet mir allerdings nicht, sondern schüttelt nur den Kopf. Na super. Die nehmen mich ja richtig ernst hier. Frage mich, warum ich so dringend mitmusste, wenn dann keiner auf mich hört!
Die Skyline von San Francisco wird kleiner und kleiner, bis sie schließlich ganz verschwindet. Plötzlich geht ein so starker Ruck durch das Boot, dass es mich nach hinten umwirft. Ich knalle volle Kanne auf das Bootsdeck – aua!
»Mann, was soll das denn? Sind wir auf irgendwas draufgefahren?«, rufe ich Hilda zu, die immer noch an der Reling steht. Sie lacht.
»Nein, keine Sorge! Ich sagte doch – unterschätze unser Boot nicht. Und geh jetzt besser rein. Nicht dass dir noch etwas passiert.«
Wie meint sie das? Neugierig rapple ich mich wieder hoch und laufe zu Hilda. »Warum sollte mir was passieren?«
Statt einer Antwort zeigt sie nur auf irgendetwas vor sich. Ich folge ihrer Handbewegung und schaue nach unten, dann nach außen, an die Bordwand des Schiffes – und traue meinen eigenen Augen nicht! Die Xerton hat Flügel bekommen! Ja, wirklich! Von hier oben betrachtet sieht das Schiff nicht mehr aus wie ein Schiff, sondern wie ein

Flugzeug: Aus seinem Rumpf ragt ein großer Flugzeugflügel!
Ich renne zur anderen Seite des Schiffes und gucke an der Bordwand hinunter. Tatsächlich! Ein Flügel! Ein erneuter Ruck geht durch den Rumpf. Ich schaue mich um und sehe, dass der Mast der Xerton beginnt, sich abzusenken. Dann klappt der Baum, an dem die aufgerollten Segel befestigt sind, auf einmal nach oben, um schließlich langsam, aber sicher zusammen mit dem Mast im Rumpf der Xerton zu verschwinden. Ehe ich Hilda fragen kann, was das alles zu bedeuten hat, steht sie schon neben mir und greift nach meiner Hand.
»Komm, Henry. Hier draußen wird es gleich sehr ungemütlich. Lass uns reingehen.«
Sie zieht mich zum Niedergang. Wenn sich die Xerton gerade wirklich in ein Flugzeug verwandelt hat, macht es tatsächlich wenig Sinn, weiter draußen zu bleiben. Es sei denn, man möchte gern in den Pazifik geweht werden – worauf ich nicht besonders scharf bin!
Im Rumpf angekommen, wartet auch schon die nächste Überraschung: Die Monitore, Computer und der Besprechungstisch sind verschwunden, stattdessen befinden sich nun Polstersitze im Salon. Wotan und Urd haben schon Platz genommen, der Götterchef winkt uns zu sich.
»Da seid ihr ja endlich! Ich dachte schon, ihr bleibt beim Start draußen. Viel zu gefährlich! Nicht nur für Menschen! Also, hinsetzen und anschnallen, Käpt'n Loge geht gleich auf Vollschub!«

Wir setzen uns neben Wotan und schnallen uns an.
»Wo ist denn das ganze Zeug, das hier eben noch rumstand?«, flüstere ich Hilda zu.
»Kann man komplett wegklappen. Sollte mal jemand an Bord kommen, der von der ganzen Geschichte nichts weiß, sieht die Xerton aus wie ein stinknormales Boot. Ist bei Start und Landung auch viel sicherer.«
»Und Siegfried?«, will ich wissen. »Macht er draußen den Helden und surft auf den Tragflächen?«
Hilda schüttelt den Kopf.
»Nee, Siegfried ist unser Co-Pilot. Der sitzt vorn im Cockpit neben Loge. Wenn wir in der Luft sind, wird er übernehmen, damit Loge uns für den Einsatz briefen kann.«
Ach du Schreck! Mein Leben liegt in den Händen von Vollpfosten Siegfried! Der größte Angeber aller Zeiten sitzt am Steuerknüppel eines Flugzeugs, das gerade noch ein Segelboot war, und soll mich um die halbe Welt fliegen. Hilfe, ich will hier raus!
Zu spät! In diesem Moment wird es unglaublich laut, die Xerton schießt nach vorn, und ich werde tief in meinen Sitz gedrückt. Dann zieht sie so steil nach oben, dass ich fiesestes Ohrenrauschen und Herzrasen bekomme und mein Magen einen regelrechten Satz macht. Hoffentlich muss ich Frau Urdmann nicht vor die Füße spucken, das wäre mir sehr unangenehm!
Zwei sehr lange Minuten später liegt die Xerton endlich einigermaßen waagerecht in der Luft, und mein Magen beruhigt sich wieder. Ich habe zwar immer noch ein Rau-

schen in den Ohren, aber mein Herz schlägt zumindest nicht mehr bis zum Hals. Vorsichtig schaue ich aus dem Bullauge neben mir hinaus – wir fliegen tatsächlich! Ich presse mein Gesicht ans Glas, um besser sehen zu können und entdecke unter uns die immer kleiner werdende Bucht von San Francisco.

Über meinem Kopf raschelt es, dann ertönt Loges Stimme über einen Lautsprecher.

»Guten Tag, meine Damen und Herren, hier spricht der Kapitän. Wir haben soeben unsere Reiseflughöhe erreicht und befinden uns auf dem Weg nach Paris, Frankreich.«

Ich muss grinsen, denn Loge klingt wirklich wie ein echter Flugkapitän, der seine Passagiere an Bord begrüßt. Fast erwarte ich, dass jeden Moment eine Stewardess mit einem Getränkewagen um die Ecke biegt und mich fragt, ob sie mir eine Cola servieren darf.

»Ich werde jetzt an meinen Ersten Offizier Siegfried übergeben. Sollten Sie noch Fragen zum Flug haben, sprechen Sie mich gern an.«

Okay, ich hätte eine: Muss das sein? Das mit dem Ersten Offizier Siegfried. Außer mir scheint sich aber niemand Sorgen zu machen: Wotan liest ganz entspannt Zeitung, Urd kramt in ihrer Tasche und holt Strickzeug raus, und Hilda spielt gelangweilt mit einer Haarsträhne. Schließlich kommt Loge aus dem Cockpit, unter dem Arm trägt er einen großen Karton. Er setzt sich auf den freien Sessel schräg gegenüber von mir und stampft einmal kurz mit dem Fuß auf. Sofort fährt der Besprechungstisch wieder

nach oben und klappt vor uns aus, Loge stellt den Karton darauf ab.
»Ich habe ein paar brandneue Gadgets dabei, die ich dir kurz erklären will, Henry. Hilda und Siegfried kennen sie schon und waren begeistert.«
Hilda rollt mit den Augen. »Na ja, sie sind okay.«
»*Okay?* Ich glaube, du weißt nicht, wie viel Genialität in meiner Arbeit steckt, junge Dame! Ohne mich und meine Arbeit wärt ihr im Tower nicht mal am Pförtner vorbeigekommen – da erwarte ich schon ein bisschen mehr Respekt ...«
»Ist ja gut, ist ja gut!«, beschwichtigt Hilda Loge. »Wie wäre es, wenn du jetzt mal loslegst? Sonst landen wir in Frankreich, und Henry weiß immer noch nicht, was er Neues im Gepäck hat.«
Loge scheint noch etwas dazu sagen zu wollen, überlegt es sich dann aber anders und greift stattdessen in den Karton. Er zieht etwas heraus, das wie ein Päckchen Kaugummi aussieht, und legt es auf die Tischmitte.
»Bitte sehr, Henry. Der brandneue LOGE 7000 in der Ausführung mit Pfefferminzgeschmack.«
»Pfefferminzgeschmack? Ist das wirklich Kaugummi?«, frage ich erstaunt. Loge grinst.
»Gegenfrage: Bin ich wirklich der Feuergott?«
»Äh, natürlich, Sir!«, antworte ich.
»Na, dann kannst du dir die Frage doch wohl selbst beantworten. Es ist Kaugummi, aber kein normaler. Der LOGE 7000 ist gut durchgekaut in der Lage, Sprengungen

auf kleinstem Raum durchzuführen – und zwar ohne irgendein Explosionsgeräusch oder eine Erschütterung. Er destabilisiert die Materie, an die er geklebt wird, und löst sie faktisch auf. Die detonationsfreie Explosion – eine echte Sensation! Ein einziger Kaustreifen reicht für ein kleineres Einfamilienhaus vollkommen aus. Warte, ich zeige es dir.«
Er nimmt die Packung und fummelt einen Streifen heraus. Ich werde nervös. Eine Explosion in einem Flugzeug, mit dem ich gerade unterwegs bin, ist jetzt nicht gerade meine Lieblingsvorstellung.
»Ähm, Sir, ist das hier in der Luft so eine gute Idee? Nicht dass Sie aus Versehen ein Loch ins Flugzeug sprengen. Ich bin jetzt echt kein Fachmann, aber ich glaube, wir könnten dann abstürzen.«
Loge lacht ein meckerndes Lachen.
»Und schon wieder hast du mir nicht richtig zugehört. Ich sagte doch gerade: die detonationsfreie Explosion. Hier, probiere es aus!«
Er rupft ein kleines Stück vom Kaugummistreifen ab und reicht es mir herüber. Zögernd nehme ich es zwischen Daumen und Zeigefinger und schaue ihn fragend an.
»Na, jetzt musst du es kauen, und wenn es weich ist, klebst du es an den Tisch, verstanden? Ich nehme nur kurz den Karton runter.«
Ich mache, was er sagt, und kaue drauflos. Tatsächlich schmeckt das Stückchen LOGE 7000 wie ein ganz normaler Pfefferminzkaugummi. Nachdem ich ihn gründlich

durchgekaut habe, nehme ich ihn aus dem Mund und klebe ihn unter die Tischplatte.
Gebannt starre ich den Tisch an – und bete gleichzeitig, dass uns das Ding nicht um die Ohren fliegt und wir alle mitsamt der Xerton den Abgang machen. Den anwesenden Göttern wäre das vermutlich egal, aber als Mensch würde ich ungern zehntausend Fuß in die Tiefe stürzen!
»Achtung!«, ruft Loge. »Noch drei Sekunden, dann ist es so weit!«
Ich zähle in Gedanken leise mit: einundzwanzig, zweiundzwanzig, dreiundzwanzig … hoffentlich geht das gut!

5. Kapitel

Manchmal ist eine Seefahrt gar keine Seefahrt!

Puff! Mehr nicht. Tatsächlich nur ein sehr leises *Puff!*. Dann fällt der Tisch einfach so in sich zusammen – zurück bleibt nur ein Haufen Staub. Wotan schaut von seiner Zeitung auf.

»Sag mal, Loge – habt ihr da gerade meinen wunderschönen Konferenztisch zerlegt?«

»Äh, ja. Das heißt, nein. Also, eigentlich war es so eine Art Versuch«, stammle ich entschuldigend. »Das ... äh ... lässt sich bestimmt ganz einfach wieder ...« Ich rühre in dem Staubhaufen herum und halte nach größeren Holzstücken Ausschau, aus denen man vielleicht noch mal so etwas wie einen Tisch bauen könnte. Fehlanzeige.

Loge kichert, Wotan schnaubt.

»Wie oft habe ich gesagt: Keine Experimente mit meiner Einrichtung?! Kein Wunder, dass wir bei Fricka rausgeflogen sind! Wenn ich daran denke, wie du bei deinen ersten Tests von LOGE 4000 sämtliche Türschlösser auf Walhall zerstört hast – nicht mal auf der Toilette konnte man sich noch einschließen!«

Innerlich muss ich grinsen – das kann ich mir gut vorstellen. Der LOGE 4000 kriegt nämlich jedes Schloss auf und trickst jedes Sicherheitssystem aus. Ein unverzichtbares Werkzeug für jeden Agenten, für den Privathaushalt allerdings nicht so geeignet.

Wotan motzt weiter: »Und dann erst die Katastrophe mit dem Rosengarten … überall alte Reichsmarkscheine an den Sträuchern anstelle von Rosenblüten, nur weil dein blöder LOGE 5000 nicht sauber funktioniert hat. Irgendwann musste ihr da ja der Kragen platzen!«

Stimmt! Der LOGE 5000, ein automatischer Geldwechsler. Umtausch in die Zielwährung, völlig ohne Probleme! Sollte man aber offenbar nicht mit Blättern testen.

»Moment mal!«, mault Loge und klingt dabei sehr verschnupft. »Willst du damit etwa behaupten, wir hätten nur wegen mir die Koffer packen müssen? Das ist ja wohl der Gipfel! Wenn du deine Gattin etwas liebevoller behandelt hättest, dann würden wir heute noch auf Walhall wohnen. Aber nein, du machst ja immer, was du willst. Ohne Rücksicht auf Verluste. Und jetzt mir die Schuld in die Schuhe schieben wollen – pfui Deibel!«

»Hey, jetzt hört auf, euch zu streiten!«, mischt sich Hilda ein. »Das war nur ein Tisch. Keine große Sache also. Da fahren wir einmal kurz zu Ikea, und dann ist der Fall erledigt.«

Wotan schnaubt entrüstet.

»Einmal *kurz* zu Ikea? Mein Kind, man merkt, dass du noch nie bei Ikea warst. Im Gegensatz zu mir. Egal, welche

Kleinigkeit du suchst – du bist mindestens den halben Tag da und kommst mit lauter Zeugs nach Hause, das du gar nicht brauchst.«
Ich kann nicht anders – ich breche in lautes Gelächter aus! Alle starren mich an.
»Was ist denn daran so witzig?«, will Wotan von mir wissen.
»Ach, eigentlich gar nichts. Nur dass Dad genau das Gleiche über Ikea sagt und wir deswegen noch nie da waren. Obwohl es in Palo Alto eines gibt und ich immer schon mal hinwollte. Da soll es auch ein Restaurant mit tollen schwedischen Spezialitäten geben, irgendwas mit K, und sehr lecker!«
»Köttbullar?« Jetzt ist es wiederum Wotan, der laut lacht.
»Genau! Die meine ich.«
»*Spezialität* ist ein sehr großes Wort dafür. Das sind völlig unspektakuläre Hackbällchen mit einer braunen, undefinierbaren Soße. Die ganz unerschrockenen Menschen tun da noch Preiselbeermarmelade obendrauf, damit es wenigstens nach irgendwas schmeckt. Also, dafür muss man nicht unbedingt zu Ikea. Meine Meinung.«
Tja, es sei denn, man war noch nie da und würde es auch gern mal sehen. Aber leider hat Dad den Großteil unserer Möbel selbst gebaut. Spart Geld. Und das ist bei uns meistens richtig knapp.
»Nein, echt«, versichert mir nun auch Hilda, »Ikea ist in Deutschland gar nichts Besonderes. Aber wenn du möch-

test, können wir da gern zusammen essen gehen.« Sie grinst. »NACH unserer Mission. Und für dich, Vater, kaufen wir dann auch noch einen Tisch. Am besten zeigt Loge Henry jetzt, was er sonst noch im Karton hat. Sonst landen wir in Frankreich, und Henry hat keinen Plan, was genau wir eigentlich in Paris vorhaben.«
Wow, Hilda kann ihrem Vater gegenüber echt energisch werden! Der schüttelt den Kopf, sagt aber nichts mehr, sondern setzt sich stattdessen wieder in seinen Sessel und liest weiter Zeitung.
Loge seufzt, wedelt mit einer Hand den Staub zur Seite und greift mit der anderen Hand in den Karton.
»So, hier hätten wir den LOGE 8000. Sieht aus wie eine normale Brille, ist aber ein Nachtsichtgerät mit ein paar interessanten Zusatzfunktionen. Kann nämlich auch um die Ecke sehen. Und bis zu einem Meter durch die Wand. Gewissermaßen wie ein mobiles Röntgengerät.«
Er wühlt weiter in dem Karton.
»Lasst mich mal gucken, welche Schätze ich noch für euch habe … Et voilà – um mich mal der Landessprache anzupassen: der LOGE 9000.«
Loge präsentiert eine Kugel auf seiner flachen Hand – nein, genau genommen ist es eher ein Ei. Oval, ganz glatt, allerdings nicht braun oder weiß, sondern schwarz. Ich will danach greifen, um es in die Hand zu nehmen, aber Loge lässt es in seiner Faust verschwinden.
»Vorsicht! Jeder LOGE 9000 kann nur ein Mal eingesetzt werden, danach ist er verbraucht«, erklärt er mir.

»Aha. Und was macht man mit dem LOGE 9000?«
»Der LOGE 9000 setzt jeden Feind im Umkreis von 30 Metern schachmatt. Er wird wie eine Handgranate gezündet, hat einen Abzugsring, der hinten durch einen Bügel gesichert wird. Wenn ihr den Ring abzieht, werden alle ausgeknockt, auf die der LOGE 9000 nicht geprägt ist.«
»Geprägt? Was heißt das?«
»Na ja, der LOGE merkt sich, wem er nicht schaden darf. Er verströmt nämlich ein Gas, wenn er gezündet wird. Und dessen chemische Zusammensatzung ist darauf abgestimmt, wer davon umgehauen werden soll – und wer eben nicht. Deswegen ist die Prägung so wichtig.« Loge grinst. »Freunde bleiben stehen, Feinde müssen gehen. Das kann wirklich enorm praktisch sein. Keiner zielt so genau wie der LOGE 9000.«
»Feinde müssen gehen? Etwa ins Jenseits?«, frage ich nach. Loge schüttelt den Kopf.
»Nein, nein. So blutrünstig bin ich nicht. Sie werden lediglich bewusstlos und bleiben es für circa eine Stunde. Deswegen muss man sich aber auch gut überlegen, wann man den LOGE 9000 zündet: Wenn noch nicht alle Freunde registriert wurden, haut er die gleich mit um. Und es dauert, bis die wieder einsatzfähig sind. Aufladen kann man den LOGE 9000 auch nicht, nach jedem Einsatz braucht man einen neuen. Und der ist richtig teuer in der Herstellung! Also wirklich nur im absoluten Notfall benutzen. Verstanden?«
Hilda und ich nicken.

»Und wie funktioniert das mit der Prägung?«, will ich wissen.
»Ganz einfach«, erklärt Loge, »zum Prägen muss man ihn lediglich mit den Handflächen berühren. Man schließt ihn in die Faust, drückt dreißig Sekunden – und das war's.« Er öffnet seine eigene Faust wieder und gibt mir das Ei. Ich lege meine Handflächen darum und zähle in Gedanken bis dreißig, gebe ihn dann Hilda, die das Gleiche tut.
»Okay, danke für dieses kleine Meisterwerk!«, sagt sie und verstaut das Ei in ihrem Rucksack.
»Haben wir dann alles?«
Loge schüttelt den Kopf.
»Nein. Eine Sache noch – den LOGE 10 000.«
Er drückt mir ein kleines Büchlein in die Hand. Ich drehe es hin und her – sieht irgendwie wie ein ganz normales Buch aus. Genauer gesagt: wie ein ganz normaler Reiseführer. *Paris. National Geographic.* Aha. Ein als Reiseführer getarntes Agenten-Gadget. Ob man damit schießen kann? Ich hebe es auf Augenhöhe und ziele damit auf Hilda. Loge runzelt die Stirn.
»Was machst du da, Henry?«
»Na, ich gucke, was man damit machen kann.«
»Äh, das ist ein Buch, mein Junge. Man schlägt es auf, und dann kann man darin lesen.«
Hilda fängt an zu kichern – ich werfe ihr einen bösen Blick zu.
»Ich dachte, weil Sie *LOGE 10 000* sagten ...«
»Das war ein Scherz, mein Junge. Ich dachte, man sieht

gleich, dass es sich um einen Reiseführer von Paris handelt. Kann doch nicht schaden, wenn ihr euch vorher schon ein wenig mit der französischen Hauptstadt vertraut macht, oder?«

Ich zucke mit den Schultern.

»Wenn Sie meinen. Ich werde mal ein bisschen drin lesen.«

Loge nickt zufrieden, ich setze mich mitsamt Paris-Führer wieder auf meinen Platz und fange an, darin zu blättern.

Paris – die Stadt der Liebe! Kaum eine andere Stadt wurde häufiger in Romanen beschrieben, diente als Filmkulisse oder wurde in Liedern besungen als die französische Hauptstadt. Entdecken Sie, warum Paris zu Recht der Sehnsuchtsort von Menschen auf der ganzen Welt ist.

Na ja. Mein Traumziel ist es nicht. Falls ich überhaupt eines habe, ist es eher mein sehr kuscheliges Bett in San Francisco, in dem ich furchtbar gern mehr Zeit verbringen würde, statt in einem umkonstruierten Segelboot nach Paris zu fliegen.

Ich gucke mir die Bilder an. Ziemlich viele imposante Gebäude – Kirchen, Museen, der Eiffelturm, typisch Reiseführer eben. Laaaangweilig! Aber so was von! An einem Bild bleibt mein Blick dann aber doch hängen, denn es ist zugegebenermaßen sehr gruselig: eine ganze Wand voll kunstvoll aufgeschichteter Totenschädel. Uah! Was ist das denn? Die Kulisse für einen Horrorfilm?

Schnell lese ich mir die Beschreibung zu dem Bild durch.

Die sogenannten Katakomben von Paris befinden sich an der Stelle der ehemaligen unterirdischen Steinbrüche der Stadt. Rund 2000 Jahre trug man hier Baumaterialien ab, bis der Kalkstein so brüchig geworden war, dass er an verschiedenen Stellen einstürzte. Einen Teil des mindestens 300 Kilometer langen Stollennetzes machte man daraufhin zu einem unterirdischen Beinhaus und bettete mit der Zeit rund 6 Millionen Skelette der bisher oberirdischen Friedhöfe von Paris um. Heute ist ein kleiner Teil des Steinbruchs und der Katakomben als Museum zugänglich. Der Hauptteil bleibt Besuchern jedoch verwehrt, weil er zur Verlegung von Versorgungsleitungen genutzt wurde. Ein Trakt der Katakomben gehört der Banque de France, die dort den Goldschatz der französischen Nationalbank untergebracht hat.

Aha, ein unterirdisches Labyrinth, voll mit Skeletten und Gold! Wenn ich Tourist in Paris wäre, würde ich mir das unbedingt ansehen wollen. Klingt deutlich spannender als die Kunstgewerbe-Abteilung im Louvre. Die weiteren Kapitel des Reiseführers sind dann leider wieder genauso langweilig wie das erste Kapitel. Jede Menge Geschichte, Stadtpläne und trockene Schilderungen der Sehenswürdigkeiten. Ich merke, wie meine Augen sehr schwer werden. Vielleicht sollte ich ein kleines Nickerchen machen. Wer weiß, wann ich dazu wieder Gelegenheit hab …

Ich werde von einem heftigen Ruck geweckt – sind wir etwa schon gelandet? Habe ich den gesamten Flug verschlafen? Ich schäle mich aus meinem Sessel und gucke aus dem Bullauge. Nein, das sieht nicht so aus, als ob wir schon auf dem Rollfeld eines Flughafens stehen. Eher so, als flögen wir durch dichte graue Wolken. Wir sind also offenbar noch immer in der Luft. Muss ich mir Sorgen machen? Ich werfe Hilda einen Blick zu. Sie blättert ganz entspannt in einer Zeitschrift. Frau Urdmann ist anscheinend auch tief und fest eingeschlafen – jedenfalls schnarcht sie ganz schön laut. Von Wotan und Loge allerdings ist keine Spur mehr zu sehen.

Noch ein Ruck – im Salon zieht es auf einmal ziemlich stark! Verdammt – hat die Xerton etwa ein Loch? Und wo zum Teufel sind Wotan und Loge? Gut, Letzterer steuert hoffentlich wieder die Xerton, aber auch von Ersterem fehlt jede Spur. Als hätte er meine Gedanken gehört, kommt in diesem Moment der Götterchef in den Salon. Er trägt einen großen Rucksack auf dem Rücken.

»So, ihr beiden«, ruft er Hilda und mir fröhlich zu, »ich bin dann mal weg.« WAS?! Will er sich etwa aus dem Flugzeug stürzen? Gut, er ist der Götterchef, vielleicht kann er fliegen. Besser wäre es, denn jetzt reißt die Wolkendecke einen kurzen Moment auf, und man kann sehr gut sehen, dass uns doch ein paar Meter vom Boden trennen. So schlappe tausend, mindestens. Offenbar kann Wotan meine Gedanken lesen, er lacht und zeigt auf den Rucksack.

»Keine Sorge, ich bin bestens ausgerüstet. Dieser Fallschirm wird auch einen dicken Brocken wie mich sicher zur Erde schaukeln.«

Ach so – das ist gar kein Rucksack! Und die Tür ist schon auf, deswegen ist es hier so kalt. Na gut, das erklärt alles. Bleibt nur die Frage, warum wir dann nicht landen? Aber auch das beantwortet mir Wotan, ohne dass ich etwas gesagt habe.

»Ich komme nicht mit nach Paris. Ich werde dringend zu Hause erwartet, schließlich kann ich Farbauti und Geri nicht länger mit dem Xerton allein lassen. Ihr wiederum müsst sofort weiter zu eurem Einsatz – wir dürfen also alle keine Zeit verlieren.«

Gut, das leuchtet natürlich ein. Geri ist ein Kellner in dem Restaurant, das Wotan zur Tarnung betreibt. Er ist eigentlich ein netter Kerl, hat nur die Angewohnheit, sich ab und zu in einen Wolf zu verwandeln, und ist etwas schwer von Begriff. Zu schwer auf jeden Fall, um das Xerton zu leiten. Ähnlich ist es bei Farbauti. Der Typ ist körperlich ein Riese, aber geistig leider ein Zwerg. Sollte aus irgendeinem Winkel der Erde ein Notruf im Xerton eingehen, er würde es garantiert vermasseln. Eigentlich erstaunlich, denn er ist Loges Vater. Sein helles Köpfchen muss der von seiner Mutter geerbt haben, eindeutig.

Apropos Loge.

»Fliegt mich Loge denn nach unserem Einsatz wieder nach San Francisco zurück?«, will ich wissen. Wotan schüttelt den Kopf.

»Nein. Loge kommt mit mir. Genau genommen ist er bereits unterwegs.«

»Bitte?«

»Na, er ist bereits gesprungen. Eben gerade.«
Oh nein! Das darf doch nicht wahr sein! Ich ahne Fürchterliches.
»Heißt das etwa ...«
»... dass Siegfried euch nach Paris fliegt? Und wieder zurück? Ja, genau das heißt es. Aber keine Sorge, er ist ein exzellenter Pilot. Du kannst meinem Enkel voll und ganz vertrauen. So, ich muss los.«
Und schon läuft er an mir vorbei und klettert die Treppe zum Vordeck hoch. Ein beherzter Sprung, dann ist er verschwunden. Ach du Scheiße – ich bin allein. Allein unter Helden, Nornen und Walküren!

6. Kapitel

Piloten, fliegende Frauen und andere Helden

»So, meine Kleinen, dann legt mal die Ohren an und haltet euch fest«, scheppert Siegfrieds Stimme über den Lautsprecher, »wir landen in Kürze auf der Seine!«
Ich gucke aus dem Bullauge. Tatsächlich: Direkt unter uns schlängelt sich ein Fluss durch die Landschaft. Er sieht allerdings nicht wirklich so aus, wie Landebahnen normalerweise so aussehen, also breit und gerade. Genauer gesagt: Der Fluss hat nicht die geringste Ähnlichkeit mit einer Landebahn, mal ganz zu schweigen davon, dass über die meisten Landebahnen garantiert keine Brücken führen – so wie es hier der Fall ist.
»Wir müssen Siegfried stoppen!«, rufe ich Hilda zu, die immer noch ganz entspannt neben mir sitzt. »Wenn er tatsächlich versucht, die Xerton auf diesem Fluss zu landen, sind wir alle drei mausetot!«
Hilda kichert.
»So ein Quatsch! Erstens ist Siegfried schon vor langer Zeit den Heldentod gestorben, und ich als göttliches Wesen kann gar nicht sterben ...«

»Na, vielen Dank auch! Dann sterbe halt nur ich. Macht die Sache in meinen Augen nicht besser!«, knurre ich sie an. Sie spricht allerdings ungerührt weiter.

»Und zweitens – wenn du mich mal ausreden lassen würdest – hat Siegfried das schon oft genug gemacht. Das klappt schon. Du weißt, dass ich normalerweise gar nichts von ihm halte, aber fliegen, das kann er!«

»Aber wieso will er denn ausgerechnet auf einem Fluss landen? Ich habe mal einen Film über ein Passagierflugzeug gesehen, das auf dem Hudson River in New York notlanden musste, weil ein Schwarm Wildgänse in die Triebwerke geflogen war – ich kann dir sagen, das war überhaupt kein Spaß und wäre fast völlig in die Hose gegangen. Dabei war der Pilot total erfahren und ist früher sogar bei der Luftwaffe geflogen. Captain Sully ist ein echter Held in Amerika!«

Hilda zuckt mit den Schultern.

»Jaja, keine Sorge. Siegfried ist schließlich auch ein echter Held. Außerdem: Er fliegt schon seit über hundert Jahren. Auf dem Fluss landet er, weil wir so am unauffälligsten nach Paris reinkommen. Man kann die Xerton auf keinem Radar sehen, Loge hat sie mit einer besonderen Lackierung versehen. Aber mit bloßem Auge sieht man uns natürlich schon. Was meinst du, was da los wäre, wenn wir auf einem richtigen Flughafen landen würden! Wir wären sofort von der Polizei umstellt und hätten schneller einen Riesenärger, als wir *Piep* sagen könnten. Also mach dir keine Sorgen – Siegfried kriegt das schon hin.«

»Seid ihr angeschnallt?«, scheppert es wieder durch den Lautsprecher, was natürlich total albern ist, weil Siegfried unsere Antwort sowieso nicht hören kann. Frau Urdmann, die in der Zwischenzeit wieder aufgewacht ist, seufzt und legt ihr Strickzeug beiseite.
»Immer, wenn der Junge fliegt, wird mir irgendwie schlecht. Ich wünschte, wir wären mit der Bahn gefahren!«
»Es gibt keine Zugverbindung von San Francisco nach Paris«, ätzt Hilda.
Wieder ein tiefer Seufzer.
»Da erfinden die Menschen so vieles – aber auf die naheliegenden Sachen kommen sie nicht.« Urd schüttelt den Kopf. Ich spare mir den Hinweis, dass der Atlantik zwischen der amerikanischen Ostküste und der Küste Frankreichs so schlappe viertausend Kilometer breit ist und damit für eine Eisenbahnbrücke gänzlich ungeeignet. Wahrscheinlich denken Nornen in ganz anderen Dimensionen.
Ich erinnere mich an das Interview mit dem Hudson-River-Piloten. Bei ihm klang die Geschichte mit der Notwasserung so, als ob es ein Wunder gewesen wäre, dass sich das Flugzeug dabei nicht überschlagen hat und alle Passagiere heil aus der Maschine rausgekommen sind. Gut, vielleicht hat dieser Sully auch ein ganz kleines bisschen übertrieben, um selbst noch besser dazustehen. Wie auch immer – ich beschließe, Siegfrieds Rat zu folgen und mich anzuschnallen.
Mein Sicherheitsgurt hat noch nicht ganz *Klack* gemacht,

da geht die Xerton schon in einen steilen Sinkflug. Ein sehr unangenehmes Gefühl breitet sich in meinem Magen aus. Ich werfe noch einen Blick aus dem Bullaugenfenster – der Fluss kommt bedrohlich schnell näher. Jetzt fängt die Xerton auch noch an zu ruckeln und zu ächzen – ich kann mir kaum vorstellen, dass das ein gutes Zeichen ist. Schweißperlen bilden sich auf meiner Stirn, mir ist mittlerweile kotzübel, und ich habe schlimmes Ohrenrauschen.
Ich würde gern sehr tapfer und mutig sein – ein echter Agent eben –, aber leider muss ich zugeben, dass ich gerade ziemliche Angst habe. Wenn ich ehrlich bin, ist mir lebendig sein deutlich wichtiger als Agent sein. Das war sowieso nicht meine Idee. Wenn es nach mir gegangen wäre, säße ich jetzt friedlich in der Schule und würde weiter Geometrie büffeln. Von mir aus auch Geografie oder irgendwas anderes mit G. Grundrechenarten, Gartenbau, Gymnastik, G...
»Henry, alles in Ordnung mit dir?« Hilda drückt meine Hand. Ich starre sie an.
»Wieso?«
»Na, du murmelst unverständliches Zeug vor dich hin.«
»Soll das ein Witz sein?« Ich lache schrill. »Falls du es noch nicht bemerkt hast: Wir stürzen gerade in einen Fluss. Also nein – nichts ist in Ordnung!«
Anstatt darauf zu antworten, hält Hilda einfach weiter meine Hand und lächelt mich an. Ich muss zugeben, dass das eine beruhigende Wirkung auf mich hat.

Noch ein Blick durchs Bullauge ... ich kann die einzelnen Bäume am Ufer schon genau erkennen. Der Fluss rast auf uns zu – KAWUSCHA! Mit einem harten Schlag landen wir auf der Wasseroberfläche, links und rechts von uns spritzt das Wasser im hohen Bogen an der Xerton entlang. Wir schlittern mit hoher Geschwindigkeit über das Wasser, direkt auf eine Brücke zu. Lieber Gott, falls es dich gibt – mach, dass die Xerton da drunterpasst! Und übrigens, Wotan, du alter Götterchef, du könntest uns hier auch mal ein bisschen unter die Arme greifen!
FRRRRKRRRRSCHTOPPP! Tatsächlich streifen wir einen der Brückenpfeiler, doch wie durch ein Wunder passiert nichts weiter, als dass die Xerton dadurch gebremst wird und schließlich nur noch langsam treibt. Puh! Ich wische mir den Schweiß von der Stirn und atme tief durch.
Siegfried kommt mit großen Schritten in den Salon marschiert.
»Na, was sagt ihr? Eins-a-Landung, oder?«
Frau Urdmann hustet trocken.
»Sagen wir es mal so, mein Junge: Deine Passagiere sind alle wohlauf. Das ist doch schon mal was.«
»›Wohlauf‹ ist relativ«, füge ich hinzu. »Ich habe mich nach einer Landung schon mal besser gefühlt.«
Siegfried stapft auf mich zu und bleibt direkt vor mir stehen.
»Sag mal, willst du Hanswurst mir hier gerade weismachen, dass ich ein schlechter Pilot bin?« Er schnaubt mir

seinen Atem regelrecht ins Gesicht, und ich merke, wie ich in meinem Sitz kleiner werde. Viel kleiner.

»Äh, na ja, also, ich wollte ja nur ...«

»Weißt du eigentlich, wie schwer es ist, so eine Kiste auf Wasser zu landen?«

»Ich meinte doch nur ...«

»Mein lieber Henry, ich hatte wirklich die besten Lehrmeister, die du dir vorstellen kannst. Seitdem Loge die Xerton zu einem Flugzeug entwickelt hat, habe ich eine der gründlichsten Ausbildungen absolviert, die man in der Luftfahrt nur machen kann.«

»Äh, ja, ja ... ich wollte ja nur ...«

»Lilienthal, Lindbergh, Richthofen ...«

»... und vor allem Beinhorn«, ergänzt Hilda. »Ich weiß gar nicht, warum du diesen Namen immer vergisst. Beinhorn hat dir doch am meisten beigebracht.« Sie grinst. »Die Wahrheit ist nämlich, dass Siegfried eigentlich alles, was er als Pilot kann, von Elly gelernt hat. Mit den ganzen Typen hat er vor allem geschwafelt – über deren Heldentaten, die tollsten Maschinen, die gefährlichsten Flüge und so weiter und so fort. Da kam aber irgendwie nichts weiter bei rum. Schließlich war Loge so genervt, dass er Elly Beinhorn engagiert hat. Ab da lief es rund, und tatsächlich hat Elly Siegfried eine Menge in Sachen Fliegen beigebracht.«

»Na ja«, mosert Siegfried.

»Oder etwa nicht?«, hakt Hilda nach.

»Doch«, murmelt Siegfried, sagt dann aber nichts mehr.

»Was stimmt denn nicht mit Beinhorn?«, will ich daher wissen. Ich muss zugeben, dass mir der Name gar nichts sagt, was aber nichts heißt – Helden der Luftfahrt sind nicht gerade mein Spezialgebiet.
»Ganz einfach«, klärt mich Hilda auf, »Elly Beinhorn, mit vollem Namen Elly Maria Frida Beinhorn, ist eine Frau. Und das passt natürlich nicht in das Weltbild meines werten Neffen. So von wegen ›Frau am Steuer, das wird teuer‹. Aber in Wirklichkeit war Elly einer der besten Piloten ihrer Zeit. Sie war Kunstfliegerin und hat die Welt umrundet, sie war mutig, geschickt und hatte ein sensationelles Gespür für ihre Flugzeuge. Vor allem aber war sie ausdauernd – was ihr bei der Ausbildung von Siegfried sehr zugutekam. Er war ehrlicherweise nicht gerade ein Naturtalent am Steuerknüppel.«
»Ist ja gut, ist ja gut.« Siegfried hebt entschuldigend die Hände. »Ja, Elly war eine sehr gute Lehrerin. Ja, ich habe viel von ihr gelernt. Und nein, mit Lindbergh und Konsorten lief es tatsächlich nicht so doll. Aber dass du hier gleich wieder so ein Fass aufmachst, von wegen ›Frauen sind die besseren Menschen‹ – also, das finde ich nun stark übertrieben.«
Hilda zieht die Augenbrauen hoch.
»Na, hör mal, wer hat denn damit angefangen? Wer hat denn so getan, als ob er nur mit den Jungs trainiert hätte? Darf ich dich daran erinnern, dass du mit Lindbergh nicht mal über die ersten Meter des Rollfeldes hinausgekommen bist, bevor ihr die erste Xerton geschrottet habt? Und wie

war das mit Lilienthal? Bist du mit dem überhaupt einen Meter in die Luft gekommen? Und …«

»Mann, ey, reicht jetzt!«, pöbelt Siegfried. »Dass du hier immer mit den ollen Kamellen ankommen musst. Was du nämlich vergisst, ist …«

Ich räuspere mich. Und zwar laut und vernehmlich.

»Ich würde vorschlagen, das Thema Fliegen mal abzuhaken und uns stattdessen auf die kommenden Aufgabe zu konzentrieren: Rettung des Nibelungengolds in Paris!«

Siegfried und Hilda stutzen kurz, hören dann aber auf, sich weiter zu beschimpfen, und nicken stattdessen beide – was hoffentlich so viel bedeutet wie »Na klar, auf nach Paris!«. Wobei ich mich frage, ob wir tatsächlich schon da sind, denn wenn ich aus dem Fenster gucke, sehe ich ganz viel Grün und keine Großstadt. Sehr seltsam!

»Sind wir denn eigentlich bald da? Aus dem Fenster heraus sieht das noch so gar nicht nach einer Millionenstadt aus«, erkundige ich mich vorsichtig bei Hilda. Ich gebe zu, ich kenne mich in Europa nicht wirklich gut aus, aber ich will hier nicht gleich als dummer Ami dastehen.

»Doch, doch. Wir sind fast da. Aber ich hab dir doch schon erklärt, dass wir nicht einfach so mir nichts, dir nichts auf dem Flughafen Charles de Gaulle landen können. Deswegen tuckern wir jetzt schön unauffällig mit der Xerton die Seine entlang bis ins Stadtzentrum. Wir lassen einfach den Mast unten, dann sieht sie aus wie ein stinknormales Motorboot. In Paris machen wir in

einem der Kanalhäfen fest, und dort treffen wir dann auch D'Artagnan. Verstanden?«
»Aye, aye, Captain!«
Das scheint mir eine angemessene Antwort an Bord einer geheimen Kommandozentrale zu sein!

7. Kapitel

Willkommen in Paris!

»Bonjour à Paris!«, begrüßt uns d'Artagnan freundlich, wenn auch nicht überschwänglich, als wir die Xerton hinter einem großen Ausflugsschiff inmitten von Paris festgemacht haben. Er ist wirklich kein junger Held mehr, aber scheint trotzdem extrem fit zu sein: schlank und muskulös, leicht sonnengebräunt, und er trägt Jeans und T-Shirt. Nur seine Haare sehen genauso aus wie in dem Film, den ich über die drei Musketiere gesehen habe: kinnlange Locken, ein Schnurrbart und ein Bärtchen am Kinn.

Obwohl ich solche Frisuren auch schon in San Francisco gesehen habe. Bei Starbucks trifft man viele junge Männer, die so rumlaufen. Finden die wohl hip. Dad lacht sich jedes Mal tot, wenn wir solche Hipster – wie er sie nennt – sehen. *»Na, Junior, soll ich mir auch mal so einen Bart wachsen lassen?«*, will er dann von mir wissen. *»Vielleicht verlieben sich dann ja lauter tolle Frauen in mich.«* Wenn er das zu laut sagt, ist mir das total peinlich – vor allem, wenn wirklich Frauen in der Nähe sind und uns dann so komisch angucken. Ich glaube, mein Dad

braucht keinen Bart, damit sich Frauen in ihn verlieben. Aber das ist ein anderes Thema.
»Haben Sie alles vorbereitet?«, will Hilda von d'Artagnan wissen, während sie über die Gangway an Land geht. Der nickt.
»Oui. Ihr folgt mir in die Ambassade, da ist alles bereit.«
»Die Ambassade?«, frage ich nach.
»Die Ambassade de Gascogne. Das bedeutet *Botschaft der Gascogne* und ist mein Weinlokal. Weißt du, ich komme aus der Gascogne, und deswegen habe ich den Laden so genannt. Ich verkaufe dort Wein, und man kann auch eine Kleinigkeit essen. Als Treffpunkt hier in Paris perfekt. Völlig unauffällig.«
»Ja, genau so hat es mein Vater auch mit *Papas Pizza* gemacht«, stimmt Hilda zu. »Niemand vermutet dort das Xerton, alle sehen nur die Pizzeria.«
Tatsächlich sieht das Xerton in Bayreuth von außen wie ein stinknormales Restaurant aus, wie eine Pizzeria eben. Und hätte ich dort nicht aus Versehen eine Pizza bestellt, wäre ich auch nie Mitglied von Wotans Agentenring geworden. Ob d'Artagnan auch neue Agenten rekrutiert, indem er ihnen eine Flasche Wein verkauft?
»Bon. Wir können von hier aus zu Fuß zur Ambassade – also, on y va! Auf geht's!«

Auf dem Weg zu d'Artagnans Lokal laufen wir an einem Gebäude vorbei, das wie ein griechischer oder römischer

Tempel aussieht: ein Vorbau, der auf mächtigen Säulen ruht, ein riesiger Kasten und das Dach ein aufgesetztes Dreieck. Sehr seltsam! Was mag das sein?
D'Artagnan beantwortet meine Frage, bevor ich sie überhaupt gestellt habe.
»Das ist das Odeon-Theater. Erst zweihundertfünfzig Jahre alt.«
Hilda kichert. »Also fast ein Neubau!«
D'Artagnan ignoriert diesen Witz. Vielleicht findet er ihn auch einfach nicht witzig.
»Wir sind jetzt gleich am Jardin du Luxembourg, da, wo wir damals alle gewohnt haben.«
»Wer ist denn *wir alle*?«, will ich wissen.
»Na, wir Musketiere. Aramis, Athos und Porthos. Bezahlbare Mieten, kurzer Arbeitsweg, war damals perfekt. Und ist es heute auch noch. Deswegen habe ich mich hier niedergelassen, als ich aus Bayreuth zurückgekommen bin.«
»Oh, Sie waren auch mal in Bayreuth?«
D'Artagnan nickt grimmig, während er weiterläuft.
»Oui. Aber das war gar nichts für mich. Walhall hat mir schon nicht gefallen. Dorthin hatten mich die Walküren nach meinem Heldentod gebracht. Aber diese ganzen Angeber dort – terrible! Schrecklich! Alle groß und blond und vor allem: blöd! Und Bayreuth war noch schlimmer.«
»Hey!«, mischt sich Siegfried jetzt ein. »Meinst du etwa mich?«

D'Artagnan wirft ihm einen schnellen Blick über die Schulter zu.
»Mais non! Aber nein!« Weiter sagt er nichts dazu, und irgendwie bin ich mir ziemlich sicher, dass das gelogen ist und er eben genau Siegfried meinte.
Ein paar Meter hinter dem Theater biegen wir in eine kleine Straße, in der sich lauter kleine Läden abwechseln – hier eine Buchhandlung, dort ein Secondhandladen, daneben ein Juwelier und dann, ziemlich genau in der Mitte: die Ambassade de Gascogne! Zwei Tische mit Bistrostühlen vor der Tür, ein Schaufenster, vielleicht drei Meter breit, in der Auslage verschiedene Kisten mit Weinen und ein Buchsbäumchen, das dringend mal wieder gegossen werden müsste.
D'Artagnan macht einen energischen Schritt auf die Tür zu und öffnet sie schwungvoll, eine helle Glocke ertönt. Es ist allerdings niemand da, der sie hören könnte: Der kleine Raum hinter der Tür ist menschenleer. Weder steht jemand hinter dem Tresen an der linken Wand, noch sitzen Gäste an den drei Tischen, die vor den Weinregalen an der rechten Wand stehen. Mein Zeitgefühl hat mich auf dem Flug völlig verlassen, deswegen kann ich nicht sagen, ob das Fehlen von Gästen um diese Tageszeit normal ist – oder die Ambassade einfach ein schlecht besuchter Laden ist.
»Ganz schön leer hier«, spricht Siegfried meine Gedanken laut aus, »läuft wohl nicht so bei dir, was? Oder ist zwölf Uhr mittags keine gute Zeit für ein Bistro?«

Er grinst, d'Artagnan schnaubt wütend.
»Quelle absurdité! So ein Unsinn! Die Ambassade ist sehr beliebt! Ich bin ein exzellenter Gastgeber!« War ja klar. Der hat genauso viel Selbstbewusstsein wie Siegfried. Ob man ohne gar kein Held sein kann? D'Artagnan lässt sich von unserem vielsagenden Schweigen überhaupt nicht verunsichern und erzählt weiter. »Normalerweise ist hier mittags kein Platz mehr frei. Aber in der momentanen Situation bin ich froh um jeden Gast, der nicht kommt. Viel zu gefährlich! Wir haben viel zu viel zu besprechen und zu planen. Deswegen habe ich vorhin ein Schild aufgehängt, dass die Ambassade heute geschlossen ist. Ist Monsieur Siegfried damit einverstanden?«
Die Glocke ertönt erneut, dann stolpern zwei Herren über die Schwelle, vielleicht etwas älter als d'Artagnan. Nachdem sich die Männer ausgiebig begrüßt haben – lustig, dass die sich auch Küsschen auf die Wangen geben –, stellt d'Artagnan uns einander vor.
»Alors, mes amis – das ist Siegfried, der Held, den kennt ihr ja schon. Hilda – euch bekannt als Brunhilde, Urd und neu dabei: Henry. Siegfried, du erinnerst dich bestimmt noch an Porthos und Aramis.«
Die zwei Musketiere verbeugen sich kurz. Siegfried nickt ihnen zu, Hilda neigt nur den Kopf, was irgendwie sehr huldvoll aussieht. Ich mache gar nichts, die beiden Männer betrachten mich neugierig.
»Ein Kind?« Aramis klingt nicht gerade beeindruckt, und ich kann es ihm nicht mal übel nehmen.

Hilda schüttelt den Kopf. »Nein, er schickt nicht irgendein Kind. Er schickt Henry Smart. Wenn es darum geht, Gold aus irgendeinem Museum zu retten, ist er euer Mann.«
»Wirklich?«, gibt Porthos amüsiert zurück. Jetzt gucken die zwei nicht einfach neugierig, sondern starren mich regelrecht an. Ich merke, dass ich rot werde.
»Ja, also, äh …«, stottere ich los und kassiere prompt einen Tritt gegen mein Schienbein von Hilda. *Klappe halten!*, soll das vermutlich bedeuten, und ich folge ihrem Rat und sage nichts mehr. D'Artagnan klatscht in die Hände.
»Bon! Wir sind nun hier versammelt, also werde ich euch meinen Plan erläutern. Athos kommt später dazu, er hat noch zu tun. Also, meine Freunde …«
Er geht zur Tür und schließt diese ab. Dann lässt er mit einer Schnur bodentiefe Jalousien herunter, sodass es in dem kleinen Gastraum ziemlich dunkel wird. D'Artagnan läuft um die Theke herum und drückt auf einen Knopf im Regal mit den Weingläsern, ein Bildschirm fährt aus dem unteren Regalboden.
»Zuerst möchte ich euch den Grund unserer Zusammenkunft zeigen.«
Mit einer Hand wischt er Richtung Bildschirm, auf diesem erscheint ein riesiges Gebäude, das wie ein Quadrat um eine gläserne Pyramide herumführt. Der Louvre! Genau dieses Bild habe ich auch im Reiseführer gesehen. Aber man sieht nicht nur das Museum, sondern auch sehr viele sehr kleine Menschen, die zwischen der Pyramide und den Eingängen zum alten Stadtschloss herumwuseln. Auf den

ersten Blick sieht das nach normalen Schülergruppen auf Klassenreise aus – aber ich bekomme sofort eine Gänsehaut. Zwerge! Es müssen mindestens hundert sein!
»Diese kleinen Scheißer!«, brummt Siegfried. »Die haue ich alle weg! Lass uns dahin – die mache ich platt!«
Hilda kichert.
»Genau. So wie in London, als wir uns nach deinem heldenhaften Einsatz im Büro der zauberhaften Miss Morgan verstecken mussten?«
»Moment mal, das war ja wohl ganz anders! Wenn ich die Geschichte in London hätte im Alleingang lösen können, dann …«
»Dann säßest du heute mit Sicherheit noch im finsteren Mittelalter, weil du den letzten Vollmond und damit deine Rückreise verpasst hättest«, ätzt Hilda. »Aber macht ja nichts. Vor achthundert Jahren waren Muckis vielleicht noch wichtiger als Köpfchen – das wäre für dich vielleicht gar nicht mal so schlecht.«
Ich kann mir das Lachen nicht verkneifen, Siegfried hingegen hat logischerweise Schaum vorm Mund.
»Wieso hältst du dich eigentlich immer für Mrs Superschlau?«
»Weil ich es bin?«, fragt meine Lieblingswalküre ganz unschuldig. Ja, nett ist sie nicht, die Hilda.
Siegfried macht einen Schritt auf sie zu und will sie gerade am Kragen packen, als sich d'Artagnan dazwischenschiebt.
»Mon dieu! Das ist ja wie im Kindergarten! Ich bitte um

mehr Professionalität! Oder wollt ihr riskieren, dass die Zwerge uns das Gold wegschnappen, während ihr euch hier streitet?«

Mit einem lauten Schnaufen wendet sich Siegfried ab und lässt sich auf einen der Bistrostühle sinken. Frau Urdmann, die am gleichen Tisch Platz genommen hat, tätschelt seine Hand.

»Siegfried, mein Junge, jede Zeit braucht ihre Helden. Das Gestern und das Heute sind miteinander verwoben – auch bei dir kann ich den Schicksalsfaden sehen. Lass dich von Brunhilde nicht reizen. Es ist alles gut, wie es ist.«

Das ist natürlich wieder so ein typisches Nornen-Statement, mit dem ich persönlich rein gar nichts anfangen kann. Aber Siegfried scheint diese mysteriöse Aussage wirklich beruhigt zu haben, jedenfalls schnauft er nicht mehr ganz so doll, und seine Gesichtsfarbe hat sich von Dunkelrot zu Schweinchenrosa verbessert. Hilda hingegen tut so, als hätte sie gar nicht gehört, was Frau Urdmann gesagt hat, und betrachtet betont interessiert den Bildschirm, auf dem nach wie vor der Louvre und die Zwerge zu sehen sind.

»Haben Sie eine Ahnung, wofür genau sich die Zwerge interessieren?«, will sie von d'Artagnan wissen. »Sie haben gesagt, sie seien vor allem im Richelieu-Flügel, richtig?«

D'Artagnan nickt.

»So ist es. Allerdings weiß ich natürlich nicht, um welches Kunstwerk genau es sich handelt. Und ich denke, die Zwerge wissen es auch nicht und suchen es noch.« Er holt Luft und vollführt mit seinen Händen eine dramatische Bewegung, die irgendwo zwischen großer Umarmung und einem Operndirigenten beim großen Finale liegt. »So, kommen wir nun zu meinem Plan: Wir besuchen den Louvre, ich zeige euch den Richelieu-Flügel und die Ausstellungen, in denen besonders viel Gold gezeigt wird. Dann sucht ihr beiden, Henry und du, zusammen mit Frau Urdmann das Teil, das aus Nibelungengold ist. Wenn ihr es identifiziert habt, werde ich nachts über einen Geheimgang unerkannt in den Louvre zurückkehren und das Gold in Sicherheit bringen. Ich gebe es euch, ihr bringt es Wotan – et voilà: Die Zwerge und Alberich haben das Nachsehen!«

»Was für ein Geheimgang?«, erkundige ich mich neugierig. »Der Louvre ist doch bestimmt super gesichert, so mit Hightech total. Ich kann mir nicht vorstellen, dass das berühmteste Museum der Welt irgendeinen Winkel hat, der nicht top bewacht und gescannt wird, von einem unentdeckten Geheimgang ganz zu schweigen.«

Porthos lacht. »Ihr Menschen glaubt, ihr könnt mit eurer Technik alles erreichen, richtig? Aber ich will dir mal was sagen, mein Junge: Als wir noch im aktiven Dienst als Musketiere waren und den französischen König beschützt haben, mussten wir natürlich unbemerkt zu jeder Zeit und an jeden Ort im Schloss gelangen können. Und zwar, ohne dass uns irgendwer auf die Spur gekommen wäre – Richelieus Schergen zum Beispiel waren wirklich überall.

Also hatten wir ein dichtes Netz von sehr gut getarnten Geheimgängen, und die wichtigsten davon sind den Normalsterblichen bis heute verborgen geblieben. Trotz deinem Hightech oder wie du das nennst.«
Aramis stimmt grimmig nickend zu. Ich sehe schon – die Sache mit den Geheimgängen ist eine Frage der Ehre, dazu sage ich lieber nichts mehr. Jetzt wirft Porthos einen Blick auf seine Uhr.
»Wir sollten keine Zeit verlieren. Am besten, wir beginnen gleich mit Urd nach dem Gold zu suchen. Auf zum Louvre, Kameraden!«
Keine zwanzig Minuten später sind wir dort. Beziehungsweise wären wir dort. Denn wir kommen gar nicht ganz an den Louvre heran: Ungefähr fünfzig Meter vor dem Weg zum Schlossgelände stehen mindestens zehn Polizeiwagen und riegeln alles ab. Überall flackert Blaulicht auf, große Anspannung liegt in der Luft. Verdammt, was ist hier los?

8. Kapitel

Liebe geht durch den Magen oder: Held sein macht hungrig

D'Artagnan geht zu den beiden Polizisten, die ganz vorn an ihrem Wagen lehnen und niemanden passieren lassen.
»Bonsoir, meine Herren, was ist hier los?«
Der linke der beiden Polizisten zeigt auf den Louvre.
»Es gab einen Überfall auf das Museum. Der Täter oder die Täter sind noch im Gebäude. Es wurden wohl Kinder als Geiseln genommen, offenbar ist noch eine ganze Schulklasse im Museum. Die Lage ist sehr unübersichtlich. Also gehen Sie bitte nach Hause und behindern nicht unsere Arbeit.«
D'Artagnan kommt zu uns zurückgestapft, die Hände zu Fäusten geballt. »Überfall auf den Louvre? Und eine Schulklasse als Geiseln? Dass ich nicht lache! Die angeblichen Geiseln sind Zwerge, unter Garantie! Scheint ganz so, als seien sie uns diesmal zuvorgekommen. Merde! Verflucht!«
»Was sollen wir jetzt machen?«, ruft Aramis aufgebracht. »Wenn sie jetzt das Gold haben, sind wir geliefert. Und

zwar alle! Tout le monde, die ganze Welt wird diesem gierigen, schmierigen Zwerg ausgeliefert sein!«
»So weit wird es nicht kommen. Wir gehen da jetzt rein und lassen uns auch nicht von der Polizei aufhalten«, brüllt Porthos und reckt seine Faust gen Himmel.
»Ein Spitzenplan!«, freut sich Siegfried. »Ich bin dabei!«
»Warum wundert mich das nicht?« Hilda grinst. »So stellt ihr euch das also vor? Da einfach reinmarschieren, die Zwerge verhauen, sich das Gold schnappen und wieder raus?«
Siegfried nickt grimmig.
»Natürlich. Für einen Helden wie mich kein Problem. Wir nebeln alle kräftig ein, dann bekommen die Menschen gar nicht mit, was abgeht.«
Was den Nebel anbelangt, so muss ich Siegfried recht geben. Ich war selbst schon mal dabei, als Siegfried und Hilda etwas abgezogen haben, was ich mal »die große Nebelshow« nennen würde. Ich weiß bis heute nicht, wie sie das gemacht hat, auf jeden Fall kann Hilda von jetzt auf gleich einen so dichten Nebel herbeirufen, dass Normalsterbliche die Hand vor Augen nicht mehr sehen können. Und das hat uns bei unserer letzten Auseinandersetzung mit den Zwergen extrem geholfen. Vielleicht ist an der Idee etwas dran. Hilda allerdings schüttelt energisch den Kopf.
»Siegfried, nur für den Fall, dass du es noch nicht bemerkt haben solltest: Da vorn steht schätzungsweise die halbe

Polizei von Paris. Die sind bis an die Zähne bewaffnet, und ich schätze mal, sobald ihnen auch nur irgendetwas komisch vorkommt, gibt's hier mächtig Ärger. Glaube mir, das ist nicht der richtige Moment für Kunstnebel, vor allem nicht mitten in der Stadt.«

»Ach«, lässt Siegfried nicht locker, »aber in London war der richtige Moment? Da waren wir doch auch mitten in der Stadt.«

»Quatsch. In London war das völlig anders – da standen außer uns und den Zwergen nur drei ältere Damen herum. Also, schlag dir den Nebel aus dem Kopf.«

Aramis mischt sich ein.

»Ich störe eure Diskussion nur ungern – aber was machen wir jetzt? Alberich einfach so mit dem Gold abhauen lassen?«

»Vielleicht sollten wir herausfinden, was überhaupt im Museum passiert ist«, schlage ich vor. Aramis, Porthos und Siegfried starren mich an, als ob ich nicht mehr alle Tassen im Schrank hätte, Hilda runzelt die Stirn, und d'Artagnan presst die Lippen aufeinander. Nur Frau Urdmann lächelt milde. Das ist mir aber völlig egal – wenn ich schon um die halbe Welt jetten muss, um hier mitzumachen, darf ich mich ja wohl auch mal zu Wort melden. »Hilda, du kannst doch deine beiden Raben überallhin beordern – warum rufst du sie jetzt nicht und lässt sie mal eine Runde durch den Louvre fliegen? Das ist jedenfalls deutlich unauffälliger, als wenn Möchtegern-Rambo hier sich durchs Museum haut und Zwerge

verkloppt. Vielleicht sehen die Vögel etwas, was uns weiterhilft.«
Hilda legt den Kopf schief und zwirbelt eine Haarsträhne zwischen Zeigefinger und Daumen. Ein todsicheres Zeichen, dass sie überlegt. Nicht allzu lange allerdings, nach drei Sekunden lässt sie die Haarsträhne wieder los und klatscht in die Hände.
»*Hugin! Munin! Den Ruf erteilt, der Ruf ereilt! Ihr schwarzen Schwingen kommt herbei!*«
Bilde ich es mir ein, oder verdunkelt sich der Himmel? Nein, tatsächlich – es schieben sich große Wolken vor die Sonne, und ich höre wieder das Geräusch, das schon in der Schule die Ankunft der Raben angekündigt hat. Ich blicke nach oben, und da sehe ich sie: Die beiden riesigen Raben fliegen direkt auf uns zu und landen zu Hildas Füßen.
»Es gibt sie also wirklich!«, flüstert Aramis fast ehrfürchtig. »Wotans Raben!«
»Tja, und nicht nur das: Eigentlich müssten sie ›Hildas Raben‹ heißen, denn Hilda gehorchen sie aufs Wort!«, erkläre ich. »Stimmt doch, Hilda, oder?«
Hilda sagt nichts dazu, sondern kniet sich vor Hugin und Munin und flüstert ihnen etwas zu – so leise, dass ich kein Wort verstehe. Die Raben krächzen aufgeregt, dann schwingen sie sich wieder in die Höhe und fliegen in Richtung Louvre.
»So«, Hilda steht wieder auf und klopft sich den Staub von der Hose, »ich schlage vor, wir gehen wieder in Ihr

nettes Lokal, d’Artagnan. Hier können wir momentan sowieso nichts tun. Hugin und Munin werden zu uns kommen, wenn sie etwas herausgefunden haben.«
Einen Moment stehen vier Helden ein wenig unschlüssig in der Gegend herum, dann zuckt d’Artagnan mit den Schultern.
»Na gut. On y va. Gehen wir wieder in die Ambassade.«

Mannomann, war das lecker! D’Artagnan hat unsere Zwangspause dazu genutzt, uns in seinem Lokal zu bekochen. Erst dachte ich, ich hätte gar keinen Hunger, aber als dann ein Teller mit einer Art Gulasch dampfend vor mir stand, ist mir tatsächlich sofort das Wasser im Mund zusammengelaufen. Und schließlich habe ich nicht nur eine, sondern gleich zwei Portionen von dem Gericht verputzt, das den klangvollen Namen Bœuf bourguignon trägt.
»Boah, d’Artagnan, Sie können echt gut kochen!«, lobe ich den Küchenchef. Der lächelt und wird sogar ein kleines bisschen rot.
»Ach, merci! Das ist nett von dir! Aber es macht mir auch Spaß. Weißt du, ich habe zwei große Leidenschaften in meinem Leben: dem König zu dienen und zu kochen. Von einer Leidenschaft musste ich mich schon verabschieden, denn unser König ist bereits viele Jahrhunderte tot. Umso wichtiger ist das Kochen. Auch ein Grund, warum ich in Bayreuth so unglücklich war. Die Deutschen haben einfach keine Tischkultur! Sie essen nur, um satt zu werden. Nicht, um zu genießen!«

»Quatsch!«, poltert Siegfried. »Unser Xerton liegt sogar in einem italienischen Restaurant. Mehr Tischkultur geht ja wohl kaum!«

»Pah! Pizza und Nudeln! Das ist doch keine gute Küche!«

Porthos und Aramis nicken zustimmend. Auch sie scheinen der Meinung zu sein, dass die französische Küche durch nichts zu toppen ist. Okay, das Gulasch war wirklich schwer in Ordnung, aber was spricht denn gegen eine leckere Pizza? Die Franzosen scheinen da etwas seltsam zu sein – sehr anspruchsvoll!

»Ach ja? Und das sagen ausgerechnet diejenigen, die Schnecken und Froschschenkel essen?«, keilt Siegfried zurück. »Das ist ja widerlich!«

Aramis schnappt nach Luft.

»Na, hör mal! Weinbergschnecken in selbst gemachter Kräuterbutter – es gibt nichts Besseres!«

Schnecken, igitt! Bevor die Diskussion über internationale Delikatessen in die nächste Runde gehen kann, klopft jemand von außen an das Schaufenster der Ambassade. Ein hungriger Gast, der das Schild nicht gesehen hat? D'Artagnan geht nach vorn und schließt die Tür auf.

»Hallo, alle miteinander!« Offenbar ein Stammgast, jedenfalls liegt er sich mit d'Artagnan sofort in den Armen.

»Athos! Gut, dass du da bist!«, begrüßen ihn Aramis und Porthos im Chor. Ach so, es handelt sich um den dritten Musketier! Tatsächlich trägt er die Haare ähnlich wie

seine Mitstreiter – ein kinnlanger Bob mit Oberlippen- und Kinnbärtchen scheint DIE Trendfrisur vor vierhundert Jahren gewesen zu sein.
»Habt ihr gesehen, was im Louvre los ist? Wolltet ihr dort nicht längst nach dem Gold suchen? Was ist geschehen?«
Athos scheint in die Sache eingeweiht zu sein.
»Ich fürchte, die Zwerge sind uns zuvorgekommen. Aber wir haben Kundschafter losgeschickt, die wir jeden Augenblick zurückerwarten und die uns hoffentlich berichten werden, was genau passiert ist«, erklärt d'Artagnan.
Athos runzelt die Stirn.
»*Kundschafter* ist gut. Aber habt ihr es auch mit dem Fernseher probiert? Vielleicht ist schon etwas in den Nachrichten.«
»Den haben wir natürlich als Erstes angemacht. Aber nichts. Jedenfalls nichts, was uns weiterhilft. Weder im Fernsehen noch im Internet. Nur die Nachricht, dass es einen Überfall auf den Louvre gab.«
Athos wiegt den Kopf hin und her.
»Na gut. Warten wir auf eure Kundschafter.«
Wie auf's Stichwort picken in diesem Moment zwei alte Bekannte mit ihren Schnäbeln an das Fenster. Hugin und Munin kehren von ihrer Erkundungstour zurück.
Hilda stürmt sofort zur Tür und reißt sie auf.
»Da seid ihr ja endlich!«
Die beiden flattern herein und nehmen auf Hildas ausgestrecktem Arm Platz. Die steckt ihren Kopf zwischen die

beiden Raben und beginnt, mit ihnen zu flüstern. Ab und zu höre ich ein Krächzen, aber obwohl ich den LOGE 3000 tief in mein Ohr drücke, kann ich nicht verstehen, was die Vögel Hilda berichten. Nur an Hildas immer röter werdenden Wangen kann ich ablesen, dass es etwas Wichtiges sein muss.
Nach einer Weile richtet sich Hilda auf und blickt ernst in die Runde.
»Wer auch immer im Louvre war – er ist verschwunden. Weder von einem Räuber noch von Zwergen haben die Raben irgendeine Spur entdeckt. Im ganzen Gebäude war die Polizei unterwegs, auch die haben ergebnislos gesucht. Offenbar haben sich die Täter in Luft aufgelöst. Aber alle Vitrinen der Kunstgewerbe-Abteilung waren aufgebrochen. Und jetzt kommt das wirklich Seltsame: Es fehlt anscheinend nichts. Das heißt – fast nichts. Wenn Hugin und Munin ein Gespräch zwischen zwei Museumswärtern richtig verstanden haben, ist genau ein Ausstellungsstück verschwunden.«
Hilda macht eine Kunstpause. Offenbar genießt sie die Tatsache, dass wir alle regelrecht an ihren Lippen hängen.
»Nun sag schon!«, rufe ich. »Was fehlt? Was haben die Zwerge mitgehen lassen?«
»Rate mal!«, antwortet Hilda.
Ach nö! So was hasse ich! Echt!

9. Kapitel

Wer hat mein Becherchen gestohlen?

Erst ein Löffel, nun ein Becher – ich würde sagen, langsam könnten wir einen Tisch damit decken. Nein, jetzt mal im Ernst: Das letzte Schmuckstück, das wir vor Alberich retten mussten, war ein Löffel. Zugegebenermaßen ein besonderer Löffel – immerhin wurden die englischen Könige bei ihrer Krönung von ihm gesalbt. Und jetzt scheint das Nibelungengold in einem Becher zu stecken. Jedenfalls, wenn die Raben die aufgeregten Gespräche der Museumswärter richtig verstanden haben: Alle Vitrinen im Louvre sind geöffnet worden, aber nur ein Becher ist verschwunden. Ein goldener Becher aus dem 17. Jahrhundert, einst ein Geschenk von Königin Anna von Österreich an eine ihrer Kammerzofen.

D'Artagnan ist auf einmal ganz aus dem Häuschen.

»Königin Anna? *Meine* Königin Anna?«

Hilda runzelt die Stirn.

»Kommt darauf an, wen Sie mit *meine Königin Anna* meinen.«

»Natürlich die Frau von Ludwig XIII., *meinem* König«, ruft d'Artagnan und fuchtelt dabei aufgeregt mit den Händen

in der Luft herum. »Weißt du, wie die Zofe heißt? Bestimmt kenne ich sie persönlich. Ich kenne eigentlich alle Zofen von Anna persönlich.«
Porthos lacht laut und dröhnend.
»Das stimmt! Unser d'Artagnan hatte immer ein Faible für das Personal. Wie hieß noch mal die hübsche Blonde? Die Frau von deinem Vermieter? Nicht zu verachten, die junge Dame – und hattest du nicht mal mit der ...«
»Sei still!«, herrscht ihn d'Artagnan an. »Ich will nicht, dass irgendjemand so über Constance spricht!«
»Beruhig dich mal. Ich habe doch gar nichts Böses über sie gesagt.«
»Hey, Friede, Jungs!«, ruft Hilda die beiden zur Ordnung. »Welche Zofe den Becher bekommen hat, weiß ich nicht. Und genauso wenig wissen wir, ob der Becher wirklich aus Nibelungengold geschmiedet wurde. Bisher ist das nur ein Verdacht.«
»Ach was, Verdacht! Das ist doch nicht nur ein Verdacht!«, ruft d'Artagnan aufgeregt. »Der Fall ist völlig klar. Der Becher ist aus Nibelungengold, deswegen haben ihn die Zwerge geraubt. Wir müssen ihn unbedingt zurückholen, koste es, was es wolle!
»Nun mal langsam«, erwidert Hilda ganz ruhig. »Bisher wissen wir noch nicht, ob der Becher aus Nibelungengold ist.«
Aramis, der bisher nur still zugehört hat, kratzt sich am Kopf.
»Stimmt. Und wie finden wir das heraus?«

»Urd kann es uns durch einen Blick in die Vergangenheit sagen, wenn sie den Becher in der Hand hält«, erkläre ich ihm. »So hat sie es in London auch gemacht. Das hat super funktioniert.«
»Tja, der Zug ist leider abgefahren«, wirft Siegfried spöttisch ein. »Der Becher ist weg. Hat unser kleiner Superagent wohl übersehen.«
»Hab ich nicht! Ich wollte Aramis nur erklären, dass Urd in der Lage ist, solche Fragen zu beantworten. Also, wenn sie denn überhaupt mal eine klare Antwort gibt. Dass die Sache hier schwieriger wird, ist mir klar. Aber in London hat sie auch schon einen Tipp abgegeben, ohne den Löffel direkt in der Hand zu halten. Dazu musste sie ihn nur in der Ausstellungsvitrine angucken.«
Aramis guckt skeptisch.
»Hm, aber hier kann sie ihn nicht mal mehr angucken. Weg ist weg, da hat Siegfried recht.«
Tja, schade aber auch. Angucken ist nicht mehr. Wobei – da kommt mir eine Idee!
»Frau Urdmann?«, wende ich mich an die alte Norne, die immer noch auf dem Bistrostuhl sitzt.
»Ja, mein Junge?«
»Wissen Sie noch, in London, als Sie im Tower durch die Schatzkammer der Kronjuwelen gewandert sind und sich die einzelnen Ausstellungsstücke angeschaut haben?«
»Ja, Heinrich, das war ja gewissermaßen erst gestern.«
Richtig, gewissermaßen erst gestern – vor allem, wenn man selbst dreitausend Jahre auf dem Buckel hat.

»Prima! Sie haben so vor sich hin gemurmelt, und dann wussten Sie irgendwann, dass das Gold, das wir suchen, zu einem Krönungslöffel verarbeitet worden war.«
»Stimmt. Wenn ich Dinge sehe, kann ich in der Vergangenheit nach ihrer Herkunft suchen.«
»Hervorragend. Nächste Frage: Würde das auch funktionieren, wenn Sie nur ein Bild von dieser Sache sehen würden?«
Urd legt den Kopf schief.
»Lass mich überlegen.«
Sie schließt die Augen und fängt an, vor sich hin zu summen. Eine ganze Weile geht das so, dann öffnet sie die Augen wieder.
»Ja«, nickt sie, »ich würde zumindest eine Vorstellung von der Geschichte bekommen.«
»Aha, und woher willst du Schlaumeier jetzt ein Bild von dem Becher bekommen?«, mosert Siegfried. »Bisher haben wir nur das Gekrächze von zwei Raben.«
»Willst du hier was gegen Hugin und Munin sagen?«, zischt ihn Hilda an. »Dank ihnen wissen wir immerhin, was überhaupt im Louvre gestohlen wurde.«
»Pfff«, macht Siegfried, »auf meine Art und Weise hätten wir es auch erfahren. Und wir hätten wahrscheinlich sogar noch den Dieb mitsamt Becher in der Mangel gehabt. Aber nein – du schickst ja lieber die Vögel los, anstatt einen echten Helden zu nehmen.«
Mann, Mann, Mann – diese Streitereien nerven echt total UND kosten auch wertvolle Zeit!

»Leute, entspannt euch mal«, mische ich mich deshalb ein, »wichtiger ist doch, wo wir jetzt ein Bild herbekommen. Und auch da habe ich schon eine Idee!«
»Auf die bin ich echt gespannt«, ätzt Siegfried.
»Ganz einfach. Das Zauberwort heißt *Internet*.«
»Internet?«, echot Siegfried. »Du meinst, wir googeln einfach mal *Becher*, und dann kriegen wir sofort ein Bild von dem Teil?«
»So ähnlich. Wobei uns Google zum Suchwort Becher bestimmt zwanzig Milliarden Bilder ausspuckt. Etwas zielgerichteter sollten wir schon suchen. Lasst uns also einfach auf der Homepage des Louvre nachschauen. Ich bin mir ziemlich sicher, dass man sich die Ausstellungsstücke dort anschauen kann. Vielleicht nicht alle, aber mit etwas Glück ist der Becher dabei.«
Ein Lächeln huscht über Hildas Gesicht.
»Gar nicht schlecht, Henry! Auf die Idee hätte ich auch kommen können. D'Artagnan, kann man über Ihr Bildschirmdings auch ins Internet? Ist das ein Computer? Falls es tatsächlich ein Bild von dem Becher gibt, wäre es doch gut, wir könnten es Urd auf dem Bildschirm zeigen. Schön groß, meine ich.«
D'Artagnan nickt.
»Klar. Ich mag zwar ein Mann der Vergangenheit sein, aber technisch bin ich eigentlich auf dem neuesten Stand.«
Er lässt den Monitor wieder aus dem Regal fahren. Ein Wisch mit der Hand, ein Startbildschirm erscheint, und

mit einem einzigen Fingerdruck hat sich d'Artagnan bei Google eingeloggt.

»So, mal schauen ... Louvre. Da hab ich ihn schon.« Er hält kurz inne. »Ah, hier ist es: *Rechercher une œuvre* – Suche nach einem Kunstwerk. Okay, dann gebe ich mal *Becher* ein. *Gobelet*.«

Pling! Sofort zeigt uns die Suchmaschine sechzehn Treffer an. D'Artagnan scrollt kurz durch, dann hält er inne und klickt eines der Ergebnisse an.

»Okay, das muss er sein.«

Ein Doppelklick, schon öffnet sich ein eigenes Fenster, und wir können einen wunderschönen goldenen Becher auf dem Bildschirm bewundern. Er ist nicht besonders groß, und sein Kelch hat die Form einer Tulpenblüte. Sehr filigran und fein gearbeitet und über und über mit Blumenornamenten verziert, die gleichzeitig wie Wellen um den ganzen Becher herumlaufen.

»Oh, der ist aber hübsch!«, ruft Hilda, die sich normalerweise nicht so viel aus Gold und Kunstgegenständen macht. Soweit ich weiß, jedenfalls.

Angestrengt starrt d'Artagnan auf den Bildschirm und liest sich murmelnd die Beschreibung des Bechers durch, bevor er laut verkündet:

»Königin Anna hat diesen Becher Anne Gabory geschenkt. Anne war ihre Hofdame und gleichzeitig ihr Patenkind.« Er überlegt kurz. »Ich kann mich noch gut an Anne erinnern. Ein hübsches Mädchen, wenn auch ein wenig albern. Kam aus sehr gutem Hause, ich glaube, sie hat später in die

Familie de Bouesset eingeheiratet. Oder war es andersherum? Hat sie in die Familie Gabory ...«
»Mannomann!«, brüllt Siegfried zornig. »Das ist doch völlig egal, wie die Dame hieß oder wen sie geheiratet hat. Geh endlich zur Seite, damit sich Urd den verdammten Becher in Ruhe ansehen kann. Wir sind hier auf geheimer Mission, nicht im Bildungsurlaub!«
Beim letzten Satz schubst er d'Artagnan regelrecht zur Seite. Der ist erst einmal völlig perplex, dann poltert er los.
»Was ist das für ein Benehmen? Du bist wirklich ein ungehobelter Klotz! Kaum zu glauben, dass Wotan dir so wichtige Aufgaben gibt. Wenn du nicht sein Enkel wärst, dann wärst du längst in Bayreuth eingestaubt, das garantiere ich dir.«
Oh, oh – so redet man besser nicht mit unserem Siegfried. Er packt d'Artagnan am Kragen und schüttelt ihn.
»Du blöder Froschfresser! Wer kümmert sich denn gerade um den ganzen Mist hier? Ohne uns würdet ihr das doch überhaupt nicht gebacken kriegen. Da würdet ihr weiter eure Kochrezepte sortieren, während Alberich mit dem Gold längst über alle Berge wäre!«
Nun stürzen auch Aramis und Porthos auf die beiden Streithähne zu, und es sieht ganz so aus, als wollten sie sich lieber an der bevorstehenden Schlägerei beteiligen, als sie zu verhindern.
»PSSST!« Frau Urdmann, die sich sonst gern im Hintergrund hält, ist von ihrem Stuhl aufgesprungen und hält

sich den Zeigefinger vor die Lippen. »Nun seid endlich alle still! Nur in der Stille liegt die Kraft, das Schweigen bringt uns die Erkenntnis!«

Gut, ein bisschen verschwurbelt, aber inhaltlich deutlich. Sofort lassen Aramis und Porthos die Fäuste sinken, und auch Siegfried lässt D'Artagnans Kragen los. Frau Urdmann nickt zufrieden, dann schließt sie die Augen und geht mit schlafwandlerischer Sicherheit vor dem Bildschirm auf und ab. Dabei summt und murmelt sie vor sich hin. So geht das eine ganze Weile, dann bleibt sie stehen und schlägt wieder die Augen auf.

»Die Königin, sie hielt das Gold mit beiden Händen. Das Gold der Zwerge, gewonnen unter Schweiß und Tränen, geformt von Menschenhand, in schönste Form gebracht. Von ihrer Hand einst als Geschenk empfangen, als Zeichen ihrer Zuneigung. So ging es hin, das Gold der Nibelungen, und trat wohl eine lange Reise an.«

Okay, kryptisch wie immer. War ja nicht anders zu erwarten. Ich hake nach.

»Frau Urdmann, was meinen Sie – ist der Becher wirklich aus Nibelungengold?«

Sie lächelt sanft.

»Mein Heinrich, was ich zu sagen hatte, habe ich gesagt. Ich sah die Königin mit dem Nibelungengold. Sie hat es verschenkt. Genauer kann ich es nicht sagen, wenn ich den Gegenstand nicht anfassen kann.«

D'Artagnan klatscht in die Hände.

»Alors, dann passt doch alles: Der Becher ist aus Gold,

und er ist von einem Kunstschmied in eine wirklich schöne Form gebracht worden. Die Königin hat ihn ihrer Hofdame geschenkt, und weit gereist ist der Becher auch – immerhin steht hier im Internet, dass er dem Museum von Stavros Niarchos, einem griechischen Reeder, gestiftet wurde. Griechenland ist ganz schön weit weg von Paris.«

»Parfait! Perfekt!«, bestärkt ihn Athos. »Worauf warten wir also?«

»Zum Beispiel darauf, dass jemand einen tollen Plan hat, wie wir wieder an den Becher rankommen. Der fehlt uns nämlich noch, dieser Plan«, stellt Hilda trocken fest.

Stimmt. Leider.

10. Kapitel

Ein gefährlicher Plan!

Im fernen Bayreuth rauft sich der Götterchef die Haare. Das kann man auch auf dem Bildschirm in d'Artagnans Büro sehr deutlich sehen. Da wir nicht wirklich einen Plan hatten, haben wir Wotan per Video-Chat angerufen – hoffentlich fällt dem was ein.

»Ich fasse es nicht! Wisst ihr, was das ist?« Bevor jemand von uns irgendetwas dazu sagen kann, beantwortet sich Wotan seine Frage selbst. »Eine echte Vollkatastrophe ist das! Wahrscheinlich ist der Becher längst in Nibelheim, und Alberich legt sich gerade Hammer und Amboss zurecht.«

»Hätte man mich mal machen lassen, wäre das nicht passiert!«, mault Superheld Siegfried. »Ich wollte ja gleich in diesen doofen Louvre rein, aber die Herrschaften wussten es ja besser und haben mich zurückgehalten!«

Erstens: Alte Petze! Zweitens: Totaler Blödsinn. Sage ich jetzt auch mal laut, denn an Wotans Gesichtsausdruck kann ich sehen, dass er seinem Enkel gern glauben möchte.

»Chef, ich bin mir sicher, spätestens nach zwei Metern

hätte die Polizei Siegfried wie einen Käse durchlöchert. Und dann wäre er mausetot gewesen. Oder auch nicht, weil er ja genau genommen als gefallener Held schon längst mausetot ist. Jedenfalls hätte das bei den Menschen ein ziemliches Theater gegeben, und sie hätten verdammt viele Fragen gestellt. Wir konnten uns also nur zurückziehen, und es war goldrichtig, deine Raben auf Erkundungsflug zu schicken.«

Wotan runzelt die Stirn, denkt also zumindest über meinen Einwand nach.

»Da ist was dran. Trotzdem: Wenn wir Alberichs Triumph irgendwie verhindern wollen, müssen wir den Becher in die Finger kriegen. Und zwar pronto.«

»Aber können wir nicht nach Nibelheim fahren und uns den Becher zurückholen? Oder fliegen? Oder wie auch immer man da hinkommt?«, will ich wissen.

Wotan schüttelt den Kopf.

»Nein, so einfach ist das nicht. Nibelheim liegt tief unter der Erde. Es gibt nur zwei Wege dorthin: durch den Rhein und durch die Schwefelkluft. Beides nicht wirklich einladend. Loge hat mich einmal dorthin gebracht, weil wir Lösegeld für Freya brauchten und Alberich seinen Goldschatz abluchsen wollten.«

»Und ich würd's wieder tun. Also, euch dahin bringen«, hören wir Loge aus dem Hintergrund rufen.

»Ja, danke, Loge. Aber seien wir realistisch: Es war schon damals schwer, nach Nibelheim zu gelangen. Und es ist bestimmt nicht leichter geworden. Alberich hat meines

Wissens nach unserem letzten Besuch die Sicherheitsvorkehrungen verdoppelt und verdreifacht. So schnell nimmt ihm niemand mehr seinen Schatz ab. Absolutes Hausverbot für germanische Götter und ihre Sprösslinge.«
Ich zucke mit den Schultern.
»Na und? Das sollte für dich doch wohl kein Problem sein. Oder willst du mir ernsthaft erklären, dass der Götterchef sich von einem blöden Hausverbot aufhalten lässt?«
Trotz der angespannten Situation bricht Wotan in dröhnendes Lachen aus.
»Haha, der war gut! Nein, natürlich ist mir das Hausverbot völlig egal. Allerdings haben wir keine Zeit mehr. Ich fürchte, wir kommen zu spät, wenn wir uns nun bis nach Nibelheim durchkämpfen müssen. Verstehst du? Was nützt es uns, wenn wir dort nach vielen Irrungen und Wirrungen auf der Matte stehen und dieser miese Zwerg dann schon längst die Weltherrschaft an sich gerissen hat?«
Ich seufze. Wahrscheinlich hat Wotan recht. Uns läuft die Zeit davon.
»Gut, Großvater«, meldet sich nun Siegfried zu Wort. »Wenn ich dich richtig verstehe und mal eins und eins zusammenzähle, bleibt uns also nur eine Möglichkeit: ICH werde den Becher aus Nibelheim holen. Die paar Zwerge haue ich doch mit links weg! Hilda und Henry können gern mitkommen. Hauptsache, sie stehen nicht im Weg rum.«
Hilda seufzt, Wotan schweigt – und ich mache auch nicht gerade Purzelbäume vor Begeisterung bei diesem

Vorschlag. Schließlich ist die Vorstellung, Siegfried dabei begleiten zu müssen, wenn der auf dem Weg zum Becher alles kurz und klein schlägt, nicht gerade verlockend. Es muss doch auch noch einen anderen Weg geben. In London hat es ja auch geklappt. Da haben wir eine kleine Reise in die Vergangenheit gemacht. Vielleicht ist das tatsächlich die rettende Idee. Ich räuspere mich laut und deutlich.

»Ähm, es gibt noch eine zweite Möglichkeit.« Alle Blicke sind auf mich gerichtet, und auch Wotan schaut sehr interessiert in die Kamera.

»Du erlaubst uns noch eine Zeitreise, Wotan. Dann könnten wir in die Vergangenheit zurückgehen und den Becher holen, bevor Alberich ihn stiehlt.«

»Nein!«, ruft Frau Urdmann ganz entschieden. »Vergangenes muss vergangen bleiben. Die Gegenwart sonst Schaden nimmt!«

»Nee, ich würde eher sagen, wenn wir alles so lassen, wie es jetzt ist, nimmt die Gegenwart Schaden. Und zwar kräftig!«, widerspreche ich Frau Urdmann.

»Henry hat vollkommen recht, Wotan!«, schlägt sich d'Artagnan auf meine Seite. »Wenn wir in die Vergangenheit reisen und den Becher einfach aus den königlichen Gemächern mitnehmen, dann wird Alberich niemals die Gelegenheit haben, das Ding zu stehlen. Ein Kinderspiel – vor allem, wenn man sich im Schloss so gut auskennt wie ich.«

Wotan fährt sich mit der Hand über seinen gestutzten

Bart. Er zögert, dann scheint er eine Entscheidung getroffen zu haben. Jedenfalls bekommt er auf einmal einen entschlossenen Zug um den Mund.
»Urd, ich verstehe deine Bedenken. Jeder Eingriff in die Vergangenheit ändert auch die Zukunft und will daher wohlüberlegt sein. Aber leider scheint es, als seien wir diesmal zu spät gekommen. Und Alberich darf keinen Ring schmieden. Das müssen wir unbedingt verhindern!« Dann holt er Luft. »Agenten, ihr habt meine Erlaubnis, in die Vergangenheit zu reisen und den Becher zu holen.«

»Alors, nur damit ich es richtig verstanden habe«, fasst d'Artagnan zusammen, was wir ihm gerade über Zeitreisen erklärt haben. »Wir brauchen ein Gefährt, weil Urd nur in die Vergangenheit reisen kann, wenn sie in Bewegung ist. Außerdem muss sie vorher genau wissen, wann und wo wir hinwollen, und – ganz wichtig – wir müssen zu einer bestimmten Zeit wieder zurückkommen. Und zwar in der gleichen Mondphase, in der wir auch gestartet sind, n'est-ce pas?«
Hilda und ich nicken gleichzeitig und sehen dabei ein bisschen wie Synchronschwimmer aus.
»Korrekt. Genau so ist es. Wenn der nächste Vollmond aufgeht, müssen wir zurück sein. Urd hat eine spezielle Monduhr dabei, die die Mondphase von dem Ort anzeigt, an dem die Reise gestartet ist«, erklärt Hilda. »So gibt es keine böse Überraschung bei der Rückreise. Denn wenn man den richtigen Zeitpunkt verpasst, muss man

sehr viel länger in der Vergangenheit bleiben, als einem lieb ist.«
»Ah ja? Pourquoi? Warum?«
»Weil man dann bis zum nächsten blauen Mond warten muss«, erkläre ich. »Wissen Sie, was das ist?«
»Oui, naturellement! So nennt man es, wenn es in einem Monat nicht zwei, sondern ausnahmsweise drei Vollmonde gibt. Der dritte Vollmond ist dann der blaue Mond, n'est-ce pas? In Frankreich nennt man das ganz genau so, nämlich ›lune bleue‹.«
»Tja, und wer seinen eigenen Rückreise-Vollmond verpasst, muss dann darauf warten, dass gewissermaßen ein zusätzlicher Vollmond auftaucht. Das kann, wenn man Pech hat, allerdings drei Jahre dauern.«
Während das für mich natürlich eine Horrorvorstellung wäre, sieht d'Artagnan so aus, als fände er die Idee, noch ein bisschen mehr Zeit in seiner alten Umgebung zu verbringen, gar nicht so schlecht. Ob er vielleicht Heimweh hat? Bevor ich mich mit diesem Gedanken aber noch näher beschäftigen kann, scheucht uns Frau Urdmann schon mit einer wedelnden Handbewegung aus der Ambassade.
»Als Erstes möchte ich jetzt den Ort sehen, an den wir reisen wollen. Ich kann zwar nach wie vor nur von dieser Zeitreise abraten, aber da ihr ja alle nicht einsehen wollt, dass wir uns damit ins Unglück stürzen, wollen wir es zumindest vernünftig vorbereiten.«
»Oui, d'accord, einverstanden!« D'Artagnan nickt eifrig. Offenbar kann es ihm mit der Reise in die Vergangenheit

gar nicht schnell genug gehen. »Wir müssen zum Louvre, denn dort hat Königin Anna früher gelebt. Ich weiß auch genau, wo wir nach dem Becher suchen müssen. Das wird ein Kinderspiel, keine Sorge!«
Frau Urdmann guckt etwas mürrisch.
»Ja, ja, Kinderspiel. So stellt ihr euch das vor. Ihr werdet schon sehen, was ihr davon habt. Aber mich interessiert nicht nur der Ort, sondern auch das Jahr, in das wir reisen müssen.«
»Auch da habe ich schon eine genaue Vorstellung: Anne Gabory war in dem Jahr Hofdame, als es die Buckingham-Affäre gab – ich erinnere mich ganz genau.«
»Die Buckingham-Affäre?« Hilda runzelt die Stirn. »Müssen wir die jetzt kennen?«
D'Artagnan zuckt mit den Schultern.
»Ich weiß nicht. Aber ich weiß, dass Anne Gabory schon am Hof war, als ich nach Paris gekommen bin. Wir müssen also in das Jahr … äh … un moment … wir müssen in das Jahr 1640 reisen. Mein erstes Jahr in Paris.«
Hilda legt den Kopf schief.
»Sicher? Wenn wir erst mal da sind, können wir nicht mehr zurück. Das Jahr muss also stimmen. Ich würde das gern kurz überprüfen.«
Sie zieht ihr Handy aus der Hosentasche und tippt darauf herum.
»Also, laut Google spielt die Geschichte der drei Musketiere im Jahr 1625. In dem Jahr bist du nach Paris gekommen. Steht hier jedenfalls.«

Sie hält d'Artagnan das Handy unter die Nase, welcher jene sogleich rümpft.
»Ach, Quatsch! Das ist die Geschichte, wie dieser Dumas sie aufgeschrieben hat!«
»Wer?« Von wem redet der? »Den Namen habe ich noch nie gehört.«
»Ich auch nicht«, ergänzt Siegfried, aber das hat bei dem Blödmann natürlich gar nichts zu sagen.
»Ah!«, seufzt d'Artagnan. »Du kennst Alexandre Dumas nicht, Henry? Ihr Amerikaner habt einfach gar keine Kultur! Alexandre Dumas ist einer der bekanntesten Autoren der Welt! Er hat meine Geschichte aufgeschrieben und unter dem Titel *Die drei Musketiere* berühmt gemacht. Leider nahm er es dabei mit den historischen Details nicht so genau.«
»Na, hör mal! Du spinnst wohl!«, rege ich mich auf. »Nur weil ich diesen ollen Franzosen nicht kenne, bin ich noch längst nicht ungebildet! Ihr Europäer kennt bestimmt auch nicht alle berühmten amerikanischen Autoren!«
»Ja, ja, ist ja gut«, würgt Frau Urdmann mich ungeduldig ab. »Es interessiert nun wirklich nicht, wer hier die meisten Schriftsteller kennt. Wichtig ist nur, in welches Jahr wir eigentlich reisen müssen. Und wenn unser französischer Held hier sagt, dass der Roman nicht völlig den historischen Tatsachen entspricht, dann ist das ein wertvoller Hinweis. Also, Herr d'Artagnan, das Jahr 1640?«
Er nickt.
»Irgendein besonderer Tag?«, hakt Frau Urdmann nach.

»Hm. Der große Ball ...«, überlegt d'Artagnan laut, ohne genauer zu erläutern, von welchem Ball er redet und warum gerade dieser so wichtig ist. »Es war die Woche nach Ostern. Ein Freitag, wenn ich mich nicht täusche.«
»Okay, Ostern 1640«, murmelt Hilda und tippt wieder auf ihrem Handy herum. »Da haben wir es: Ostersonntag war der 8. April, demnach ist der Freitag danach – Freitag, der 13. April 1640.«
Auweia! Freitag, der Dreizehnte! Ob das wirklich so eine gute Idee ist, gerade zu diesem Tag eine Zeitreise anzutreten? Nicht dass ich abergläubisch wäre. Normalerweise glaube ich wirklich nicht an so einen Mist. Aber: Normalerweise glaube ich auch nicht an germanische Götter, Walküren und Nornen. Insofern halte ich den Ball hier lieber ganz flach und gebe zu, dass mir dieses Datum unheimlich ist.
Mittlerweile sind wir wieder vor dem Louvre angekommen. Von der Polizei ist weit und breit nichts mehr zu sehen. Nur ein paar zurückgebliebene Flatterbänder an einem der Zäune, die den eigentlichen Schlossgarten von dem unglaublich riesigen Innenhof des Schlosses trennen, erinnern noch daran, dass hier vor wenigen Stunden alles dicht war. Aus der Ferne hört man nur noch den Rummelplatzlärm, der von dem sommerlichen Vergnügungspark im hinteren Teil des Schlossparks kommt.
Frau Urdmann bleibt stehen und wirft einen Blick in Richtung Schloss.
»Gut. Wir haben den Ort, wir haben die Zeit – fehlt nur

noch ein Fortbewegungsmittel, dann kann es losgehen. D'Artagnan, Sie kennen sich hier am besten aus: Was empfehlen Sie? Unauffällig und zweckdienlich sollte es sein, und wir sollten zu fünft darin Platz nehmen können.«

Siegfried dreht sich einmal im Kreis und zeigt dann auf etwas, das durch einen Baum verdeckt wird.

»Da! Das sieht doch super aus!«

Ich schaue genauer hin. Es handelt sich um ein Auto. Genauer gesagt um einen Porsche Carrera. Frau Urdmann schüttelt den Kopf.

»Nein. Viel zu kompliziert. Den können wir ohne Zündschlüssel gar nicht fahren. Und zu fünft passen wir auch nicht in das kleine Ding.«

»Och menno!«, mault Siegfried. »So einen wollte ich schon immer mal fahren. Ich bin mir sicher, mit dem LOGE 4000 kriegen wir auch das Autoschloss im Handumdrehen geknackt. Und Henry ist so 'ne halbe Portion, den kann Hilda ohne Probleme auf den Schoß nehmen. Und Siegfried fährt euch dann ganz zackig ins 17. Jahrhundert!«

»Nein.« Mehr sagt Frau Urdmann nicht dazu. Hilda grinst und verdreht die Augen.

»Denk doch ein Mal nach. Mit einem Porsche ins 17. Jahrhundert! Wie dämlich ist das denn? Und wenn uns im Jahr 1640 der Sprit ausgeht, stehen wir dumm da. Ich habe eine bessere Idee. Da drüben!« Sie zeigt Richtung Schlossgarten. »Das ist doch genau das, was wir brauchen!«

11. Kapitel

Alles eine Frage des Transportmittels und der richtigen Kleidung

»Dieser stinkende Kutter in England war ja schon schlimm. Aber das hier ist noch schlimmer. Geradezu entwürdigend! Ein echter Held wie ich und dann so etwas!« Siegfried kann sich kaum beruhigen.

»Ach, halt einfach die Klappe und tritt in die Pedale«, faucht ihn Hilda an, während sie es sich auf der Rückbank der Fahrrad-Rikscha bequem macht, die wir soeben im Schlossgarten geklaut haben und mit der normalerweise Touristen durch die französische Hauptstadt gefahren werden. Wobei man von »bequem machen« kaum sprechen kann, denn die schmale Klappbank hinter dem Fahrrad, auf dem Siegfried gerade sitzt, ist für zwei Leute gedacht, nicht für vier. Hinzu kommt, dass Frau Urdmann genau auf der Mitte der Bank im Schneidersitz Platz genommen hat. Hilda, d'Artagnan und ich quetschen uns also, so gut es geht, an Frau Urdmann ran und bemühen uns, nicht über den Rand dieses Gefährts zu fallen, während die Norne in den monotonen Singsang verfallen ist, mit dem sie uns schon in England in die Vergangenheit befördert hat.

Langsam, sehr langsam, beginnt Nebel aufzuziehen.
»Siegfried, du musst schneller machen, sonst funktioniert das nicht!«, brüllt Hilda im Kommandoton eines Generals. Ich kann mir das Grinsen nicht verkneifen. Muss ich aber auch gar nicht. Siegfried strampelt sich mit dem Rücken zu uns ab und kriegt eh nichts mit. D'Artagnan hingegen sieht sehr skeptisch aus.
»Und ihr seid sicher, dass das funktioniert?«
»Tja, nicht, wenn Siegfried hier weiter wie eine lahme Ente rumeiert«, ätzt Hilda. »Eine gewisse Grundgeschwindigkeit brauchen wir wahrscheinlich schon.«
»Mach's doch selbst, wenn ich dir zu langsam bin«, keucht Siegfried über seine Schulter.
»Wieso sollte ich? Wer behauptet denn immer, dass er der Stärkste, Schnellste und überhaupt Tollste weit und breit ist? Da wird dich doch so eine kleine Fahrradtour nicht fertigmachen, oder?«
Der Singsang von Frau Urdmann reißt auf einmal ab, sie schlägt die Augen wieder auf.
»Kinder, so kann ich nicht arbeiten! Hört endlich auf, euch zu streiten, das ist ja zum Wahnsinnigwerden!«
Hilda scheint etwas erwidern zu wollen, beißt sich aber auf die Unterlippe, Siegfried guckt wieder nach vorn und tritt nun deutlich schneller. Frau Urdmann nickt zufrieden, schließt die Augen und beginnt wieder, zu summen und ihren Oberkörper dabei hin und her zu schaukeln.
Der Nebel kommt zurück und wird diesmal schnell dichter und dichter, wir steuern direkt auf eine richtige Nebel-

wand zu. Kurz darauf sind wir mittendrin, um uns herum ist alles verschwunden. Gruselig! Außerdem ist es ziemlich kalt geworden, ich fange an zu zittern. Wenn ich nicht wüsste, dass diese Nummer in England einwandfrei geklappt hat, würde ich Panik schieben.
Der Singsang von Urd wird nun leiser, das Keuchen von Siegfried dafür lauter. Vielleicht hätten wir doch besser den Porsche nehmen sollen. Siegfried hat bestimmt auch gleich keinen Sprit mehr!
Aber bevor unser Superheld halb tot vom Fahrrad kippt, ist der Nebel auf einmal wie weggeblasen, und wir stehen wieder auf dem Vorplatz zum Innenhof des Louvre. Der allerdings hat sich deutlich verändert: keine Glaspyramide, keine Straßenschilder am Rand und keine Fahrradständer. Auch das Riesenrad ragt nicht mehr über die Baumwipfel, stattdessen klappert mit einigem Abstand ein Pferdefuhrwerk an uns vorbei. Kein Zweifel, wir sind soeben in der Vergangenheit gelandet!
D'Artagnan klettert als Erster von der Rikscha. Er schaut sich um, und fast bilde ich mir ein, Tränen in seinen Augen glitzern zu sehen.
»Ah, comme c'est beau! Wie wunderschön es hier ist! Und wie es riecht!«
Er saugt die Luft förmlich ein. Ich persönlich bin von der Luftveränderung nicht so angetan und würde sogar sagen, dass es hier ziemlich stinkt. Auch Hilda hält sich spielerisch die Nase zu, bevor sie mich in die Seite knufft und flüstert:

»Das stinkt doch eher! Die Kanalisation im Paris des 17. Jahrhunderts ist offenbar noch ausbaufähig. Aber egal, wir schnappen uns den Becher, und dann sind wir weg.«
Frau Urdmann, die aus ihrer Trance erwacht ist, zieht die Monduhr aus der Seite ihres Mantels. Sofort tanzen zwei helle kleine Monde um die Uhr herum.
»Gut. Wir haben zwei aufgehende Monde Zeit, unsere Mission zu erfüllen. Das sind also nicht mal mehr zwei Tage. Ein großes Wagnis! Denn zwinge nicht die Zeit, sonst drängt sie dich!«
Äh, ah ja. Genau das wollte ich auch gerade sagen. Aber die Info, wann wir spätestens wieder auf die Rikscha müssen, ist natürlich wichtig. Schließlich will niemand von uns hier länger als nötig bleiben. Außer vielleicht d'Artagnan, aber das ist dann ja sein Problem.
Apropos d'Artagnan und Problem: Nun fasst Frau Urdmann ihn am Ärmel seines Hemdes und zieht ihn ein Stück an sich heran.
»Vergiss nicht, was ich dir gesagt habe!«, beschwört sie ihn mit eindringlicher Stimme. »Halte dich von deinem jüngeren Ich fern. Ihr dürft euch nicht begegnen! Schlimm genug, dass wir den Lauf der Zeit berühren! Der Erdkreis wankt, bevor er fällt!«
Ich weiß zwar nicht genau, was sie damit meint, aber D'Artagnan nickt.
»Natürlich, ich werde es genau so machen, wie wir es besprochen haben!«
Siegfried hat sich mittlerweile vom Fahrradfahren voll-

ständig erholt, er marschiert mit großen Schritten auf und ab und starrt zum Schloss hinüber.

»So, Kinners, ich würde sagen: Rikscha verstecken, rein ins Schloss, Becher schnappen und wieder retour. Das ist ’ne Sache von einer halben Stunde, gibt also keinen Grund, dass unsere Urd ihre Monduhr überhaupt noch mal aus der Tasche ziehen muss!«

Er schiebt die Rikscha zwischen zwei Hecken, dann macht er Anstalten, auf das Schloss zuzulaufen.

»Einen Moment!«, hält ihn d’Artagnan auf. »Erst müssen wir uns noch umziehen. So können wir auf gar keinen Fall in den Louvre, man würde uns sofort festnehmen!«

Siegfried zuckt mit den Schultern.

»Na gut, wenn es sein muss. Aber wo bekommen wir andere Klamotten her?«

»Gleich hier um die Ecke ist eine Wäscherei. Für ein Goldstück wird man uns dort komplett neu einkleiden und keine neugierigen Fragen stellen.«

»Hilda, gib mir mal den LOGE 5000«, brummt Siegfried. Hilda kramt wortlos in dem Rucksack, den sie mitgenommen hat, und reicht ihm ein Holzkästchen, in das er mehrere Geldscheine legt und es dann zuklappt. Als er es öffnet, glänzen ihm drei Goldmünzen entgegen. Na, das sollte doch wohl für eine neue Garderobe reichen! Siegfried drückt d’Artagnan die Münzen in die Hand, der damit in der Dämmerung verschwindet.

Als er wiederkommt, schleppt er einen großen Sack hinter sich her und stellt ihn uns vor die Füße.

»Et voilà. Nichts Besonderes, aber so fallt ihr als einfache Leute nicht weiter auf.«
Wir ziehen uns zwischen den Hecken um und könnten kurz darauf glatt in einem Mantel-und-Degen-Film mitspielen: Ich trage ein helles Hemd mit halblangen Ärmeln, eine halblange Hose, die unter meinen Knien gebunden ist, und Strümpfe aus sehr kratziger Wolle – überhaupt ist der Stoff unglaublich kratzig und rau. Hilda hat sich in ein Mieder gezwängt, sie hat einen langen braunen Rock und darüber einen grünen Umhang an und ein schlichtes weißes Häubchen auf dem Kopf. Frau Urdmanns Kleid sieht eher aus wie ein Zelt, auch sie trägt eine Haube.
Siegfrieds neues Outfit ist auch nicht wirklich vorteilhaft: ein grobes, weit geschnittenes Hemd mit ausgefransten Ärmeln, eine löchrige Hose, die bis zu seinen Knöcheln reicht, und dazu zerschlissene Schuhe, an deren Spitze vorne Siegfrieds Zehen durchschimmern. Ein speckiger Hut rundet das Gesamtbild ab – alles in allem wirkt der sonst so schicke Siegfried in diesem Zeug nicht gerade elegant.
D'Artagnan dagegen sieht genau so aus, wie ich mir einen französischen Edelmann dieser Zeit vorstelle: überkniehohe Stiefel aus Wildleder mit großen Stulpen und aufwendigen Schnallen, eine Pluderhose aus feinem, dunkelblauen Samt, ein Wams, an der Taille mit Schleifen verziert, und darunter ein Hemd aus feinem Leinen mit einem großen Spitzenkragen. Dazu ein breitkrempiger Hut, geschmückt mit einer großen Feder – der Look ist zwar sechshundert Jahre alt, sieht aber sehr nobel und teuer aus.

Siegfried guckt erst an sich selbst herunter, dann mustert er d'Artagnan. Seine Halsschlagader beginnt zu pochen, das sehe ich selbst aus zwei Meter Entfernung.
»Sach ma, Meister, geht's noch? Du läufst hier wie vom Hofschneider persönlich ausgestattet rum, und ich sehe aus, als hätte ich mich bei der Altkleidersammlung eingekleidet?«
D'Artagnan hebt entschuldigend die Hände.
»Je suis desolé, tut mir leid! Aber es geht doch nur darum, möglichst unauffällig in den Louvre zu kommen. Und da wir das Schloss über einen der Dienstboteneingänge betreten werden, solltest du besser wie ein einfacher Handwerker aussehen.«
»Ach, aber du kannst den feinen Pinkel raushängen lassen, oder wie?«
»Natürlich. Denn ich *bin* ... wie nennst du es ... ein feiner Pinkel«, antwortet d'Artagnan mit einem leichten Grinsen. »Im Gegensatz zu dir, mon ami. Du hast überhaupt keine Manieren, man würde sofort merken, dass du nicht von Adel bist. Der Palast ist voll mit Wachen, vor allem die Spione vom Kardinal sind überall. Wenn denen etwas verdächtig vorkommt, schlagen sie sofort Alarm. Und glaube mir – du würdest ihnen verdächtig vorkommen.«
Siegfried bekommt Schnappatmung.
»Ich ... keine ... Manieren? Was fällt dir ein! Soll ich dich mal kräftig durchschütteln, damit du merkst, was für Manieren ich habe?«
Hilda lacht.

»Siehst du? Genau das meint er. Du bist eben ein grober Klotz. Aber mach dir nichts draus. Du selbst leidest ja nicht darunter, das sind nur die anderen, denen das auf den Keks geht.«
»Mobbing!«, ruft Siegfried und ballt die Faust. »Das ist Mobbing!«
»Quatsch, du Spinner! Mobbing war bei uns Germanen noch gar nicht erfunden«, giftet Hilda zurück.
»Ach du meine Güte!« Frau Urdmann schüttelt den Kopf. »Geht das nun etwa schon wieder los mit dem Gezanke? Man glaubt wirklich nicht, dass ich mit großen Helden der Weltgeschichte unterwegs bin. Kommt mir eher wie ein Kindergartenausflug vor. Oder schlimmer noch: wie ungezogene Geschwister. Seid gefälligst still, bevor uns noch jemand bemerkt.«
Aber dieser Hinweis von Frau Urdmann kommt leider zu spät: In diesem Moment sehe ich einen Schatten hinter der Hecke, kurz darauf sticht eine Art Lanze durch die Blätter, und der Lichtschein einer Fackel taucht über unseren Köpfen auf.
»He da!«, brüllt jemand laut. »Wer ist dort? Kommt sofort heraus! Denkt nicht mal an Gegenwehr, ihr Schurken seid umstellt. Und Gnade euch Gott, wenn ihr etwas Unlauteres im Schilde führt! Euer letztes Stündlein hätte geschlagen!«
Ach, du Sch… Ich würde sagen, Mission *Wir kommen unbemerkt und unerkannt in den Louvre* ist soeben gescheitert.

12. Kapitel

Die Geschichte von Henri und Mathilde

Sehr langsam komme ich aus der Hecke hervor, vorsichtshalber mit erhobenen Händen. Vor der Hecke steht ein sehr grimmiger Soldat, der einen langen Spieß in der Hand hält und damit auf meinen Kopf zielt.
»Verzeihung, Sir, könnten Sie den ein bisschen herunternehmen?«, frage ich ihn ausgesprochen höflich. Sein Gesichtsausdruck wird kein bisschen ungrimmiger, aber er lässt den Spieß tatsächlich ein wenig sinken.
»Wer bist du, und was willst du hier?«, schnauzt er mich an. Ich überlege kurz. *Ich bin der Junge aus der Zukunft und suche einen goldenen Becher, um die Welt zu retten* – das wäre die ehrliche Antwort. Aber wäre es auch die schlaueste? Ich gucke mir den Spieß noch einmal genau an. Neben der furchterregenden Spitze hat er noch ein Beil und drei Haken. Ich schätze mal, wenn ich im Geschichtsunterricht richtig aufgepasst habe, ist der Spieß damit eine Hellebarde und der Typ vor mir eine Palastwache. Mit dem kann ich nun echt keinen Ärger gebrauchen, sonst war's das mit dem Becher.

»Ich bin ein Junge vom Land. Gerade hier angekommen, auf der Suche nach Arbeit.«
Der Palastwächter runzelt die Stirn.
»Aber du bist nicht allein. Eben habe ich doch noch mehrere Stimmen gehört. Du hast dich mit jemandem gestritten, Freundchen! Also, rück schon raus mit der Sprache! Mit wem bist du hier?«
Die Hellebarde wandert wieder ein Stück nach oben, sodass ihre Spitze genau auf meinen Hals zeigt, der mit einem Mal sehr trocken wird. Aber die anderen verraten? Niemals!
»Nein, Sir, ich bin allein hier«, antworte ich tapfer mit krächzender Stimme.
»Jungelchen, lüg mich besser nicht an!«, schimpft der Soldat und macht einen bedrohlichen Schritt auf mich zu. »Sonst wanderst du heute noch in ein sehr finsteres Verlies, das du für den Rest deines jungen Lebens auch nicht mehr verlassen wirst. Also ...«
»Mit mir!«, ruft auf einmal eine helle Stimme hinter mir. Hilda! Sie springt regelrecht aus der Hecke und stellt sich direkt neben mich. »Er ist mit mir hier. Ich bin seine Schwester. Wir haben uns allein nach Paris durchgeschlagen, weil wir auf dem Land Hunger leiden mussten. Wir haben uns um das letzte Stück Brot gestritten. Das war es, was Ihr gehört habt.«
»Sieh an, sieh an – zwei Landeier auf der Suche nach Arbeit.« Er grinst. Offenbar sehen wir harmlos genug aus, und Hildas Geschichte klingt glaubwürdig. »Na ja, ich

kann es euch nicht verübeln. Bin ja selbst vor vielen Jahren vom Land gekommen. Acht Geschwister, und wir hatten alle nichts zu beißen.« Sein Gesicht bekommt einen weichen Zug. »Hab mich dann hier bei Hofe hochgedient und es nie bereut. Wie heißt ihr beiden denn?«
»Henri und Mathilde«, antwortet Hilda schnell und gibt unseren Namen einen ungewohnt französischen Klang. Der LOGE 3000 ist zwar ein wirklicher Superübersetzer, aber Namen ändert er nicht, insofern ist das auf Hildas Mist gewachsen. Und die Idee ist gut. Die Wache soll schließlich keinen Grund haben, wieder misstrauisch zu werden!
»So, Henri und Mathilde. Ich bin Philippe. Philippe Dupree. Dann wollen wir mal überlegen, ob es nicht irgendwo im Schloss vielleicht Arbeit für euch gibt. Was könnt ihr denn?«
»Kochen!«, kommt es bei Hilda wie aus der Pistole geschossen, und ich gucke sie erstaunt an. Gut, sie hat in Bayreuth mal ein Sandwich für mich geschmiert. Ob sie das aber schon zur Köchin macht, wage ich dann doch zu bezweifeln. Ich überlege, was ich so beitragen könnte. Die Tatsache, dass ich bei *FIFA 18* die besten Eckbälle aller Zeiten schieße und ein wahrer Meister im Candy Crush bin, lasse ich wohl mal lieber unerwähnt.
»Kochen klingt schon mal gut«, lobt Philippe Dupree. »Sonst noch was?«
Hilda überlegt.
»Also, ich kann mit Nadel und Faden umgehen und Wä-

sche waschen. Mein Bruder kann Vieh versorgen und hüten, außerdem in der Küche arbeiten und auch ein bisschen lesen und schreiben.«
Philippe reißt die Augen auf.
»Lesen und schreiben? Wie das?«
»Och, Maman und Papa hatten immer gehofft, Henri könnte vielleicht Priester werden. Also haben sie unseren Pfarrer bezahlt, damit er es ihm beibringt. Aber nachdem Maman im letzten Kindbett starb, war keine Zeit mehr für den Unterricht da. Und Geld sowieso nicht mehr.«
Hilda hat wirklich eine blühende Phantasie. Fast macht mich diese Geschichte selbst schon ganz traurig! Auch Philippe ist einigermaßen betroffen.
»Ja, das Kindbett, eine gefährliche Zeit! Na, nun kommt mal mit, ihr beiden. Ich werde den Haushofmeister fragen, ob er gerade Unterstützung gebrauchen kann.«
Wir kommen aus der Hecke hervorgekrabbelt, und ich hoffe inständig, dass Philippe nicht nachschaut, ob dort außer mir und Hilda noch jemand hockt. Wenn er jetzt Siegfried, d'Artagnan, Frau Urdmann und vor allem die Fahrrad-Rikscha entdeckt, würde er uns die Geschichte von den beiden armen Landeiern nicht mehr abkaufen.
Aber er schaut nicht weiter nach, stattdessen dreht er sich um, fängt an, ein Liedchen zu pfeifen, und marschiert gut gelaunt auf den Louvre zu.
»Passt auf euch auf! Und macht euch keine Sorgen, ich finde euch schon!«, flüstert uns d'Artagnan zum Abschied zu – aber ich traue mich nicht, den Kopf zu wenden und

zu antworten. Ich hoffe nur inständig, dass die ganze Geschichte hier gut ausgeht und ich nicht aus Versehen den Rest meiner Tage als Küchenjunge von Ludwig XIII. fristen muss!

Voller Ehrfurcht huschen wir hinter Philippe Dupree durch die Hallen des Louvre. Die Säulen und Bögen aus Marmor sind so hoch wie unsere gesamte Highschool, dort hineingemeißelt Engel, Blumen und Vögel, deren Schatten durch das Flackern der Fackeln ein geradezu gespenstisches Eigenleben entwickeln.
»Ich hoffe, das war eine gute Idee«, flüstere ich Hilda zu, während ich versuche, mir den Weg einzuprägen, den wir gerade entlanglaufen.
»Immerhin war es überhaupt eine Idee«, antwortet sie mir, ebenfalls flüsternd. »Was hätten wir denn sonst machen sollen? Ohne gute Erklärung hätte Philippe bestimmt genauer in der Hecke nachgeschaut. Und wenn der uns alle verhaftet hätte – dann aber gute Nacht, Marie!«
Wir biegen in einen anderen Teil des Schlosses ab. Hier sind die Decken niedriger, und die üppigen Verzierungen fehlen auch. Stattdessen sind die Wände glatt verputzt, und von dem langen Flur gehen viele Türen ab. Vor einer bleibt Philippe Dupree stehen.
»Wartet kurz hier, Kinder. Ich werde mit Maître Boulanger sprechen. Vielleicht hat er Verwendung für euch. Soweit ich weiß, bereitet er gerade ein großes Fest für die Königin vor. Möglicherweise habt ihr Glück.«

Er verschwindet durch die Tür. Schweigend bleiben wir davor stehen. Türen öffnen und schließen sich, Diener eilen geschäftig an uns vorüber, Zofen unterhalten sich lautstark über den Hoftratsch, niemand nimmt von uns Notiz. Fast ist es, als wären wir unsichtbar.
Dann erscheint Dupree wieder, neben ihm eine ältere Dame in einem langen, strengen schwarzen Kleid mit gerafftem weißem Kragen und einer schwarzen Haube.
»Madame, das sind Mathilde und Henri«, stellt er uns der Frau vor. »Meine Schwester hat sie vom Land zu uns geschickt, weil sie eine Anstellung suchen. Sie sind fleißig und ordentlich und könnten uns hier am Hofe gewiss eine große Hilfe sein.«
Welche Schwester? Ich wundere mich, sage aber kein Wort dazu. Die Frau zieht ein Monokel aus einer Tasche ihres Rocks und beäugt uns misstrauisch.
»Aha. Nichte und Neffe, sagt ihr, Dupree? Nun gut. Ich kann für heute und morgen tatsächlich noch Hilfe in der Küche brauchen. Und im Stall muss sich jemand um die Pferde der Gäste kümmern. Wir können es versuchen. Wenn sie sich geschickt anstellen, dürfen sie bleiben.«
Philippe lächelt und verbeugt sich und bedeutet uns, es ihm gleichzutun. Also mache ich einen Diener, Hilda versucht es mit einem kleinen Knicks.
»Danke, Madame Deloitte! Danke vielmals! Gott segne Euch!«, ruft Philippe fröhlich, was die Frau allerdings gar nicht mehr hört, weil sie schon wieder hinter einer der vielen Türen verschwunden ist.

»Wer war das?«, erkundigt sich Hilda neugierig.
»Oh, das war Madame Deloitte. Die rechte Hand von Maître Leloir, dem Haushofmeister. Sie entscheidet, wer bei Hofe arbeiten darf und wer nicht. Leloir vertraut ihr blind, er teilt ihr lediglich mit, wo Personal gesucht wird, den Rest erledigt sie. Aber sie ist sehr streng. Wenn eure Nasen ihr nicht gepasst hätten, hätten wir keine Chance gehabt.«
»Und die Sache mit der Schwester?«, will ich wissen. »Warum habt Ihr das gesagt?«
Dupree zuckt mit den Schultern, tatsächlich wirkt er leicht verlegen.
»Och, ich dachte, das würde helfen.«
»Ja, das hat es bestimmt, und dafür auch vielen Dank. Aber ihr kennt uns doch gar nicht – warum habt ihr uns geholfen?«
»Ich weiß nicht, ob du das verstehst, mein Junge – aber du erinnerst mich an jemanden, den ich sehr gemocht habe. Nicht weiter wichtig, aber ich wollte dir einfach helfen.«
Dann schweigt er wieder, und ich habe das Gefühl, dass er nicht mehr darüber sprechen möchte. Also stelle ich keine weiteren Fragen und freue mich einfach, dass wir auf diese Art ziemlich entspannt durch den Louvre spazieren können. Da werden wir doch wohl diesen blöden Becher finden und zu Frau Urdmann bringen können. Und wenn das bedeutet, dass ich zwischendurch ein paar Kartoffeln schälen muss – so what! Das mache ich zu Hause

schließlich auch. Wird so schwer schon nicht sein, an der Kartoffelschältechnik dürfte sich in den letzten vierhundert Jahren nicht allzu viel geändert haben.

13. Kapitel

Ohne Fleiß kein Preis und erst recht kein goldener Becher

Boah, es ist so unglaublich heiß hier! Der Schweiß rinnt mir in Strömen übers Gesicht, ich bin völlig fertig! Die letzten zwei Stunden habe ich Holzscheite neben dem großen Ofen in der noch größeren Schlossküche gestapelt, nur um jetzt damit das gewaltige Feuer weiter anzufachen. An der Technik hat sich nicht viel geändert? Ja, was das Schälen von Kartoffeln anbelangt, vielleicht nicht. Aber alles andere ist so unglaublich anstrengend, dass ich sonst was dafür geben würde, wenn man hier in der königlichen Küche auch einfach ein Fertiggericht in die Mikrowelle schieben könnte.

An eine kleine Pause ist nicht zu denken: Der Handlanger des Kochs sitzt mir so im Nacken, dass ich mich nicht mal traue, aufs Klo zu gehen. Wobei ich an die Toiletten im Schloss gar nicht denken mag. Auch wenn im Louvre alles so weit picobello ist – die Gerüche im Hof lassen vermuten, dass zumindest für die Dienerschaft hier Plumpsklo angesagt ist. Nein, danke! Da warte ich lieber, bis wir wieder in der Gegenwart angekommen sind.

Hilda eilt an mir vorbei. Sie trägt einen riesigen Kupfertopf vor sich her, auch ihr steht der Schweiß auf der Stirn.
»Ist die Herdplatte schon heiß genug?«, will sie von mir wissen.
»Keine Ahnung. Ich bin hier nur der Küchenjunge, nicht der Oberbrandmeister«, gebe ich scherzhaft zurück. Aber Hilda ist offenbar nicht nach Scherzen zumute. Sie stellt den Topf vor sich ab und schaut mich vorwurfsvoll an.
»Henry, echt jetzt. Je schneller wir hier fertig sind, desto schneller können wir noch heute nach dem Becher suchen. Morgen Abend geht der Vollmond auf, und wenn er wieder untergeht und wir den Becher nicht gefunden haben, müssen wir ohne wieder zurück. Und dann sitzt Alberich in Nibelheim und lacht sich scheckig, dass wir zu dämlich waren, um ihm in die Suppe zu spucken. Also reiß dich zusammen!«
»Ist ja gut«, maule ich und schmeiße noch eine Schippe voller Scheite ins Feuer. »Ich glaube, du kannst den Topf auf den Herd stellen. Sollte heiß genug sein, um die Kartoffeln zu kochen.«
Sie wuchtet den schweren Topf hoch, dann setzt sie sich auf den Boden neben dem Ofen. Ich mache das Gleiche, eine kurze Pause zum Durchatmen wird wohl erlaubt sein. Hilda zwinkert mir verschwörerisch zu.
»Also, folgender Plan: Wenn hier Schluss ist, gehen wir in die große Scheune im Hof und legen uns hin. Also, wir tun so. Dort schlafen die anderen Küchenjungs und -mädchen. So viel habe ich schon herausgefunden. Und

wenn alle schlafen, packen wir unser Nachtsichtgerät aus und gehen auf Erkundungstour. D'Artagnan ist ja leider nicht dabei, aber irgendwie werden wir die königlichen Gemächer schon finden. Ich habe mich bei den anderen Küchenmägden eben ein bisschen umgehört – ich habe also eine ungefähre Vorstellung, wo wir suchen müssen. Alles klar?«

Ich nicke.

»Ja, alles klar. Bis auf die Sache mit dem Nachtsichtgerät. Das ist doch im Rucksack, oder? Und der Rucksack steckt doch noch in der Hecke, richtig?«

»Erstens: Ja, das ist im Rucksack. Zweitens: Nein. Ich habe den Rucksack unter meinem Rock versteckt und mit ins Schloss geschmuggelt. Er steht jetzt hinter einem Strohballen in der Scheune.«

»He, ihr da!« Le Trouff, der Handlanger, steht auf einmal hinter uns. Er stemmt die Arme in die schmalen Hüften und starrt uns böse an. »Habt ihr etwa nichts mehr zu tun? Kleines Schwätzchen bei der Arbeit, oder wie? Aber nichts da, euch beiden kann man sowieso schon beim Laufen die Schuhe besohlen, also auf, auf! An die Arbeit!«

Hilda rappelt sich wieder hoch.

»Ist ja gut, ist ja gut. Ich mach ja schon weiter.« Dann flüstert sie mir im Gehen zu: »Also, später bei den Strohballen!«

Ich nicke, dann fange ich wieder an, Scheite in das Feuer zu schmeißen.

Niemals hätte ich gedacht, dass ein schlichtes Strohlager mal so gemütlich aussehen würde. Aber ich bin nach der Sklavenarbeit in der Schlossküche so erledigt, dass ich auf der Stelle ins Stroh sinken und einschlafen könnte. Nach dem Kartoffelschälen und Feueranfachen habe ich noch Kohlen geschleppt, um das Lager aufzufüllen, dann im Akkord Zwiebeln geschält und am Ende, mitten in der Nacht, noch auf Knien den Küchenboden geschrubbt. Jetzt tut mir jeder Knochen weh, und ich würde sehr gern eine Runde schlafen.
Aber daraus wird nichts, Hilda wartet schon auf mich. Sie sieht sehr wach und entschlossen aus. Walküren haben also eindeutig mehr Energie als Menschen, denn auch sie musste unter dem Sklaventreiber Le Trouff ganz schön ranklotzen.

»Endlich! Wo bleibst du denn?«, flüstert sie mir zu. »Ich glaube, im Schloss schlafen langsam alle. Hier«, sie drückt mir etwas in die Hand – es ist der LOGE 8000, das als Brille getarnte Nachtsichtgerät. Ich setze sie mir gleich auf die Nase. Sofort wird es hell – echt irre! Jetzt sollte es gar kein Problem sein, im dunklen Schloss herumzuschleichen.
»Mann, Henry, nimm das Ding wieder ab! Du tickst ja wohl nicht richtig!«
»Hä, was denn? Die Brille ist doch total unauffällig«, maule ich.
Hilda lacht spöttisch.

»Eine Brille, unauffällig? Im 17. Jahrhundert? Ja, ungefähr so unauffällig wie ein Küchenmädchen, das lesen kann. Oder eine Fahrrad-Rikscha. Also nimm sie wieder ab, bis wir hier raus sind.«
Ich seufze und stecke die Brille in meine Hosentasche. Dann schleiche ich Hilda hinterher, die anscheinend weiß, wo es langgeht.
Aus dem Nebengebäude kommen wir wieder in einen der Hauptflügel mit den haushohen Decken und Säulen. Es ist stockdunkel, bis auf ein paar vereinzelte Fackeln an den Wänden gibt es überhaupt kein Licht. Orientierung Fehlanzeige. Bin ich froh, dass wir zu Hause elektrisches Licht haben.
»Hilda, wenn ich nicht gleich den LOGE benutzen darf, falle ich noch über meine eigenen Füße. Das ist auch nicht besonders unauffällig.«
Hilda dreht sich zu mir um. Sie grinst und hat den LOGE längst auf der Nase. Na super! Und ich stolpere hier noch durch die Dunkelheit! Sofort setze auch ich die Superbrille auf: Wieder wird es taghell. Da ist kein verwaschenes grünes Licht, wie man es aus dem Fernsehen kennt, wenn der Superheld oder der Kommissar durch ein Nachtsichtgerät guckt. Nein, durch den LOGE sieht es genauso aus, als ob es zwölf Uhr mittags an einem schönen Sommertag wäre!
»Wow!«, rufe ich laut.
»Pssst!«, rüffelt mich Hilda. »Da vorn kommt gleich ein weiterer Gang. Der führt uns zu den Privaträumen der

Königin. Vorn am Gang stehen Wachen. Die müssen wir ablenken, damit wir an ihnen vorbeikönnen.«

»Ablenken? Wie denn?«

»Okay, *ablenken* ist nicht ganz das richtige Wort. Wir machen uns unsichtbar, das meinte ich.«

Offenbar kann Hilda durch ihre Superbrille genau sehen, wie skeptisch ich gerade gucke. Sie seufzt.

»Keine Sorge, Henry. Komm einfach mit.«

Wir schleichen den Gang entlang, bis wir schließlich den Übergang zum Haupttrakt erreichen. Drei Wachen mit Hellebarden stehen unter einer Fackel und unterhalten sich. In ihren hellroten, eng taillierten Uniformen mit Kniebundhosen erinnern sie entfernt an die traurigen Clowns aus dem Zirkus. Sie tragen auch eine weiße Halskrause, genau wie ein Harlekin. Allerdings fürchte ich, dass sie nicht ganz so viel Spaß verstehen, und hoffe, Hilda weiß, was sie tut. Die bleibt jetzt stehen und pustet sanft in die Luft. Komisch. Was soll das?

Eine halbe Sekunde später kann ich mir die Frage selbst beantworten, denn auf einmal erlöschen die Fackeln. Wahnsinn! Wie hat Hilda das gemacht? Wir waren bestimmt noch zehn Meter entfernt, und Hilda hat nur ganz leicht gepustet. Vielleicht so, als ob sie drei Geburtstagskerzen auf einem Kuchen ausblasen würde.

»He, was ist da los!«, ruft der Größte von den Wachleuten. »Warum erlischt das Licht?«

»Ich habe gar keinen Luftzug gespürt, was ist passiert?«

»Verdammt! Ist da jemand?«, »Was soll das?«, rufen sie

jetzt alle durcheinander und treten unsicher von einem Bein auf das andere.
»Los!«, flüstert Hilda mir zu. »Bevor sich ihre Augen an die Dunkelheit gewöhnt haben, müssen wir weg sein.«
Das muss man mir nicht zweimal sagen. Ich habe keine Lust, eine Hellebarde noch mal aus der Nähe zu sehen. So leise wie möglich laufen wir an den drei Männern vorbei. Einer scheint etwas zu bemerken, jedenfalls schaut er uns hinterher.
»Gerard«, ruft er, »ich könnte schwören, da war gerade irgendjemand! Ein Schatten oder so!«
»Ach was! Es ist hier so finster wie im Kohlenkeller, wen willst du da gesehen haben?«, antwortet der Große. »Los, Louis, nun geh schon und besorge uns eine neue Fackel. Verfluchter Mist!«
Wir laufen schneller und verschwinden in dem Gang, von dem Hilda eben gesprochen hat. Als wir in sicherer Entfernung sind, bleiben wir stehen und atmen einmal tief durch.
»Okay, wo müssen wir jetzt hin?«, will ich wissen.
»Da vorne kommt eine Treppe. Ich glaube, sie führt direkt zu den Räumen der Königin. Sie werden bestimmt auch bewacht, aber ich denke, das machen wir einfach so wie eben.«
»Hm. Wie hast du das eigentlich gemacht? Ich dachte, du willst keine übernatürlichen Kräfte einsetzen?«
Tatsächlich hat mir Hilda ziemlich schnell deutlich gemacht, dass sie nichts davon hält, ihre göttlichen Fähig-

keiten zu benutzen. Hatte bei dem Thema irgendwann mal Streit mit ihrem Vater und will seitdem ohne ihre Superkräfte auskommen.
Hilda grinst.
»Na ja, ein bisschen heftiger ausatmen ist schon noch erlaubt, finde ich. Ich habe nämlich gar keine Lust, mehr Zeit als nötig mit dir in diesem Jahrhundert zu verbringen.«
Wir kommen zu einer großen, ausladenden Treppe, die in einem geschwungenen Halbkreis in das nächste Stockwerk führt. Von Wachen ist hier erstaunlicherweise nichts zu sehen. Aber etwas zu hören – zwei Stimmen, sehr leise, jedoch deutlich zu vernehmen, wehen zu uns herunter. Ich höre noch einmal genauer hin. Ich glaube, das sind Frauenstimmen.
»Hörst du das auch?«, will Hilda von mir wissen. Ich nicke.
»Ja, das sind aber keine Männer, oder?«
»Stimmt. Es sind zwei Frauen. Lass uns mal nachschauen, wer da flüstert.«
Wir huschen die Treppen nach oben. Schon am nächsten Gang kann ich die Umrisse zweier Frauen erkennen, die an einem halb geöffneten Fenster lehnen. Beide tragen lange Kleider mit weiten Röcken, aber während das Kleid der einen eher schlicht und ohne große Verzierungen daherkommt, ist das Kleid der anderen sehr aufwendig bestickt und mit Spitzen und Perlen versehen. Sie sind noch recht jung und – soweit ich das beurteilen kann – ziemlich hübsch. Die Dame mit dem reich verzierten Kleid hat ihr

rotblondes, lockiges Haar hochgesteckt, die andere hat ihre braunen langen Haar zu einem lockeren Zopf gebunden. Hilda zieht mich am Ärmel.
»Nicht so nah ran, sonst können sie uns sehen, wenn das Mondlicht durch das Fenster auf uns fällt!«
Tatsächlich ist schon fast Vollmond, wie ein großer Scheinwerfer scheint er durch das große Fenster in den Gang. Wir bleiben hinter einem der Säulenvorsprünge stehen.
»Constance«, flüstert eine der Frauen, »was soll ich bloß machen, wenn d'Artagnan nicht rechtzeitig kommt? Er hat nur noch einen Tag Zeit, dann muss ich es unbedingt haben! Louis hat schon Verdacht geschöpft, warum sonst sollte er das von mir verlangt haben? Dieser verdammte Richelieu!«
Die andere Frau legt ihr die Hand auf den Unterarm.
»Ruhig Blut, Majestät! Ich bin mir sicher, er wird noch kommen. Bedenkt, wie gefährlich und weit der Weg ist! Aber wenn es jemanden gibt, der diesen Auftrag erfüllt, dann ist das mein d'Artagnan! Er wird uns nicht enttäuschen, ganz sicher nicht!«
Majestät? Soll das bedeuten, dass vor uns die Königin von Frankreich steht? Die offenbar auf etwas ganz dringend wartet? Etwas, das d'Artagnan besorgen soll? Irgendwie klingelt es da in meinem Hinterkopf. Aber noch bevor mir einfällt, woran mich das erinnert, legen sich von hinten zwei Hände auf meine Schultern und drücken sie fest nach unten. Mein Herz bleibt stehen. Scheiße! Die Wachen! Jetzt haben sie uns!

14. Kapitel

Alles eine Frage der Sichtweise

»Ist sie nicht einfach wunderschön? Meine Constance!«
Nein, das ist nicht die Stimme eines Wachmannes!
Von meiner Herzattacke habe ich mich wieder halbwegs erholt, seit mir klar geworden ist, wer sich da an uns herangeschlichen hat. Unser französischer Kollege. Immer noch wie aus dem Ei gepellt, über die Schulter hat er eine Art Beutel geworfen. Gemeinsam pressen wir uns eng an die Wand, damit uns die Frauen, die immer noch ins Gespräch vertieft sind, nicht sehen können.
»D'Artagnan! Was machen Sie hier?«
»Wieso? Ich habe doch gesagt, dass ich euch im Schloss finde.«
»Und was haben Sie mit Siegfried und Urd gemacht? Hocken die immer noch in der Hecke im Schlossgarten und bewachen die Rikscha?«, flüstert Hilda.
»Mais non. Die habe ich in einem Gasthaus mit einem sehr verschwiegenen Gastwirt untergebracht. Dort sind sie so sicher wie in Abrahams Schoß. Und die Verpflegung ist auch gut.«
Beim Wort *Verpflegung* knurrt mein Magen laut und un-

überhörbar. Kein Wunder. Außer einer sehr wässrigen Suppe mit ein paar Karotten- und Kartoffelschnitzen habe ich heute noch nichts zu essen bekommen.
»Psst!«, murmelt Hilda und boxt mich in die Seite.
»Aua! Was soll'n das? Ich kann nichts dafür, wenn mein Magen knurrt!«, beschwere ich mich, immer noch im Flüsterton. D'Artagnan seufzt.
»Es fällt mir zwar schwer, mich von Constances Anblick loszureißen – aber wir sollten jetzt besser nach dem Becher suchen. Ich habe eine ungefähre Vorstellung, wo er sein könnte. Folgt mir!«
Die Frage, ob unser französischer Co-Agent auch einen LOGE 8000 braucht, erübrigt sich. Erstens haben wir nur zwei, und zweitens scheint er sich hier wirklich wie im Schlaf auszukennen. Und drittens hat er sowieso nur Augen für Constance, in die er schwer verknallt zu sein scheint. Da hilft auch keine Brille.
Zielstrebig geht d'Artagnan durch die Dunkelheit den Gang entlang. Wir schleichen hinterher und bleiben schließlich vor einer kleinen Tür stehen. Sieht irgendwie anders als die anderen Türen aus.
»Das ist der Eingang zum Hofdamentrakt. Ich meine mich zu erinnern, dass auch Anne hier ein eigenes Zimmer hat. Müsste das dritte links sein.«
Tatsächlich. Hinter der Tür ist noch ein Gang mit weiteren Türen. Ich hoffe, Hilda und d'Artagnan lassen mich hier nicht einfach stehen, meine Chancen, aus diesem Labyrinth wieder allein herauszufinden, gehen gen null.

»Hier ist es. Die dritte Tür. Das ist das Zimmer von Anne Gaboury. Ganz sicher. Also gehen wir da rein und holen uns den Becher. Und dann ab ins Wirtshaus zu Urd und Siegfried.«
»Aber schläft diese Anne nicht in dem Zimmer?«, frage ich. »Wird die nicht wach, wenn wir da jetzt reinmarschieren?«
»Kannst ja deine Schuhe ausziehen. Und den Rest lass mal meine Sorge sein«, grinst Hilda und öffnet die Tür. Sie geht vor, ich husche ohne meine unbequemen Lederstiefel möglichst leise hinterher, während d'Artagnan draußen stehen bleibt. Durch die Brillen sehen wir alles im Zimmer perfekt. Ein Tisch, ein Stuhl, eine Anrichte mit einer Schüssel darauf, daneben ein Krug und dahinter ein Spiegel – besonders luxuriös scheint man als Hofdame nicht zu wohnen. An der Kopfseite des kleinen Zimmers steht das Bett, in ihm schlummert eine junge Frau mit Haube auf den Haaren. Jetzt zuckt sie kurz zusammen und atmet schneller – schlägt sie etwa gleich die Augen auf?
Hilda dreht sich zu ihr um und pustet wieder ganz sanft in die Luft. Sofort entspannen sich die Gesichtszüge des Mädchens, ihr Atem wird tiefer, und sie schläft friedlich weiter. Also, die olle Walküre kann mir ja viel erzählen – aber ohne Tricks kommt sie hier auf keinen Fall aus!
Ich schaue mich noch einmal gründlich im Zimmer um. Und dann sehe ich ihn: den Becher! Er steht gleich neben dem Krug.

»Da, das muss er sein!«, flüstere ich Hilda zu. Die guckt und nickt.
»Ja, sieht genauso aus wie auf der Homepage des Louvre.«
Auf Zehenspitzen schleiche ich zur Anrichte, obwohl das wahrscheinlich Quatsch ist, Hilda hat Anne mit ihrem Rumgepuste vermutlich ziemlich ausgeknockt. Aber egal. Sicher ist sicher. Ich greife nach dem Becher – Mann, ist der schwer! Wenn der tatsächlich aus purem Gold ist, finde ich es ziemlich leichtsinnig, ihn hier einfach so rumstehen zu lassen. Kein Wunder, dass der jetzt geklaut wird. Hätte außer mir auch jeder andere machen können.
»Nun komm schon!«, zischt mir Hilda zu. Ich lasse den Becher im weiten Ärmel meines Hemdes verschwinden und mache mich wieder auf die Socken. Im wahrsten Sinne des Wortes. Jetzt schnell ins Gasthaus – und dann zurück in die Zukunft!

»Tut mir leid, Heinrich. Kein Nibelungengold.«
Frau Urdmann sitzt in ihrem Bett in einer kleinen Kammer des Gasthauses *Petit Bateau* und schaut bedauernd auf den Becher in ihrer Hand, während mir gerade die Kinnlade herunterkippt.
»Was soll das heißen?«
»Heinrich, mein Junge – dieser Becher ist nicht aus Nibelungengold. Ich habe sehr gründlich nachgeforscht, in jeden Winkel der Vergangenheit geblickt – aber dieses Gold wurde nicht von einem Zwerg geschürft. Auch den Grund

des Rheins hat es niemals erblickt. Es tut mir leid. Diesen Becher brauchen wir nicht mitzunehmen. Er hilft uns nicht weiter.« Sie zuckt mit den Schultern, rutscht dann noch ein wenig weiter unter ihre Bettdecke und gähnt.
Ich überlege kurz.
»Na gut, aber wenn er uns nicht weiterhilft, heißt es doch im Umkehrschluss, dass Alberich mit ihm auch nichts anfangen kann. Dann ist der genauso darauf reingefallen wie wir, nur dass er sich das Ding in der Gegenwart unter den Nagel gerissen hat und wir eine Extrarunde in die Vergangenheit fliegen mussten. Der Weltuntergang ist also erst mal abgesagt.«
Hilda runzelt die Stirn, aber d'Artagnan nickt.
»Stimmt. Sehe ich genauso. War eine ziemlich mühselige Art, das herauszufinden, aber was soll's. Lasst uns an die Rückkehr denken.«
»Aber findet ihr es nicht auch sehr seltsam, dass die Zwerge tagelang im Louvre rumlungern und dann etwas mitgehen lassen, was gar nicht aus Nibelungengold ist?«, wundert sich Hilda.
Ich zucke mit den Schultern.
»Wieso? Jeder kann sich doch mal irren. Selbst ein böser Zwergenkönig.«
»Aber ich hätte schon gedacht, dass er da irgendwie gründlicher recherchiert. Man sagt doch, dass er einen totalen Riecher für Nibelungengold hat.«
»Vielleicht war er zu gierig?«, wirft d'Artagnan ein. »Und diese Gier hat ihn geblendet?«

Hilda legt den Kopf schief.
»Ja, vielleicht. Könnte eine Erklärung sein. Na gut, dann haken wir das mal als einen anstrengenden Ausflug in die Vergangenheit ab. Immerhin musste ich nur Kartoffeln schälen, das anstrengende Gestrampel auf der Rikscha hat ja mein lieber Neffe übernommen. Das kann er jetzt auf der Rückfahrt auch gern wieder machen. Apropos: Wo steckt Siegfried eigentlich? Wir sollten jetzt sofort wieder nach Hause fahren. Bevor Le Trouff uns findet und wieder in die Küche schleift!«
Frau Urdmann deutet Richtung Tür.
»Siegfried hat die Kammer gleich gegenüber.«
»Moment, ich hole ihn«, meint d'Artagnan und verlässt die kleine Kammer – nur um keine dreißig Sekunden später wieder an Frau Urdmanns Bett zu stehen.
»Da drüben ist niemand. Und es sieht auch nicht so aus, als wäre Siegfried überhaupt schon in der Kammer gewesen. Das Bett ist unberührt.«
»Das darf doch nicht wahr sein!«, regt sich Hilda auf. »Wir hatten doch eine klare Verabredung: Henry und ich holen den Becher, Siegfried und Urd warten. Wieso macht er nie das, was man ihm sagt? Das geht mir so auf die Nerven! Ich kann schon verstehen, warum ihn Hagen damals in die Pfanne gehauen hat!«
»Hagen?«, frage ich verständnislos.
»Egal. Erzähle ich dir ein anderes Mal. Urd, hast du eine Ahnung, wo er sein könnte?«
Die schüttelt den Kopf.

»Nein, ich dachte, er sei drüben. Er wollte sich nach dem Essen noch ein bisschen die Füße vertreten, danach habe ich ihn nicht mehr gesehen. Ich habe allerdings auch nicht nach ihm geguckt. Ich bin schließlich nicht sein Kindermädchen. Wenn er nicht in seiner Kammer ist, dann ist er wohl noch unterwegs.«

Hilda rollt mit den Augen – und das zu Recht! Wir stecken hier mitten im 17. Jahrhundert, in einer supergefährlichen Mission, und Siegfried will sich *die Füße vertreten*? Und taucht dann nicht wieder auf? Der tickt doch wohl nicht richtig!

D'Artagnan hingegen bleibt völlig gelassen.

»Der wird schon wiederkommen. Sonst suche ich ihn. Weit kann er ja nicht sein. Ihr wartet einfach solange hier.«

Hilda seufzt.

»Na gut. Wahrscheinlich ist das wirklich am besten. Hier fallen wir wenigstens nicht auf.«

»Oh, und ich habe auch noch etwas dabei, was euch die Wartezeit versüßen kann.« D'Artagnan öffnet lächelnd den Beutel, den er schon die ganze Zeit mit sich herumschleppt. »Hier!«

Als ich sehe, was er da herauszieht, läuft mir sofort das Wasser im Mund zusammen: eine Wurst, die verführerisch nach Salami duftet, einen Laib Brot und eine Flasche.

»Woher haben Sie das?«, will Hilda wissen.

»Oh, das waren immer meine absoluten Lieblingsnaschereien, als ich noch ein echter Musketier war. Ich muss gestehen, dass ich sie eigentlich mit zurück ins 21. Jahrhundert nehmen wollte. Aber ihr seht so hungrig aus, also bitte!«

Das lasse ich mir nicht zweimal sagen und greife sofort zu der Salami. D'Artagnan zieht noch ein Messer aus dem Beutel und reicht es mir. Schließlich bricht sich auch Hilda ein Stück von dem Brot ab und beißt hastig hinein. Offenbar können auch Walküren mächtig Hunger bekommen.

»Schmeckt gut, oder? Und probiert auch unbedingt den Most – très delicieux, einfach köstlich, das verspreche ich euch. Ich werde jetzt nach unserem Siegfried suchen und bin bestimmt schnell wieder mit ihm zurück. À tout à l'heure!«

15. Kapitel

Mittagsstund' hat Gold im Mund

Verdammt! Ich bin eingeschlafen! Mühsam rapple ich mich vom Boden hoch, die Sonne scheint voll durch das kleine Fenster in der Dachschräge. Neben mir ein sägendes Geräusch: Hilda liegt auch auf dem Boden und schnarcht. Wie ist das nur möglich? Ich stehe auf und merke, dass ich dabei ziemlich schwanke. Und außerdem mörderische Kopfschmerzen habe. Aua!

Frau Urdmann kichert. Sie sitzt immer noch auf ihrem Bett und hat wieder ihr Strickzeug vor sich liegen. Hat sie das etwa in die Vergangenheit mitgenommen?

»Na, ausgeschlafen, mein Junge?«

»Wa…was ist passiert? Und wo sind d'Artagnan und Siegfried? Die sollten doch längst wieder da sein!«

»Nun, ich glaube, unser französischer Freund hat dir ein Schlafmittel gegeben. Und Brunhilde gleich mit.«

»Was? Dieser Verräter! Warum hat er das getan?«, rufe ich entsetzt. »Und warum haben Sie uns nicht gewarnt? Oder wenigstens geweckt?«

Jetzt mustert mich Frau Urdmann über den Rand ihrer Brille.

»Ich bin doch keine Wahrsagerin, Heinrich! Ich wusste nicht, dass das Essen vergiftet war. Und euch zu wecken war überhaupt nicht möglich. Ihr hattet aber beide einen regelmäßigen Puls, und geatmet habt ihr auch völlig normal, also war ich mir sicher, dass ihr einfach nur ein starkes Schlafmittel bekommen habt. Kein Grund zur Aufregung!«

Kein Grund zur Aufregung? Die ist ja lustig! Ich knie mich neben Hilda und rüttle an ihrer Schulter.

»Hilda, wach auf! Sofort!«

Sie hört auf zu schnarchen, hat die Augen aber immer noch geschlossen. Ich schüttle sie weiter, sie stöhnt leise.

»Hilda, nun komm schon! Ich denke, du bist eine toughe Walküre – wach endlich auf! HILDA! AUFWACHEN!«

Sie blinzelt und schlägt die Augen auf.

»Wo bin ich?«, fragt sie und klingt völlig verwirrt.

»Im Paris des 17. Jahrhunderts. In einem Gasthaus. Mission Goldbecher, du erinnerst dich?«

Sie richtet sich auf und sieht sich unsicher um. Dann nickt sie.

»Ja, jetzt weiß ich es wieder. Der falsche Becher. Aua!« Sie fasst sich mit beiden Händen an die Schläfen. »Ich habe schlimme Kopfschmerzen! Hat mir jemand eins übergebraten und mich bewusstlos geschlagen?«

»So ähnlich. D'Artagnan hat uns ein Schlafmittel verpasst. Und jetzt ist er weg, und Siegfried ist auch verschwunden«, bringe ich sie auf den neuesten, unerfreulichen Stand.

»Verfluchte Hacke! Das darf doch nicht wahr sein! D'Artagnan hat uns vergiftet? Was soll das? Das ergibt doch überhaupt keinen Sinn!« Sie hält kurz inne. »Wie viel Zeit haben wir denn noch, um Siegfried und d'Artagnan wiederzufinden, Urd?«
Die Norne zieht ihre Monduhr unter dem Strickzeug hervor und klappt sie auf. Sofort erscheint ein kleiner, leider schon sehr, sehr rund aussehender Mond, um den ein Strich herumschwebt. Der Strich ist allerdings schon verdächtig blass.
»Okay, wenn der nächste Vollmond aufgeht, müssen wir wieder mit der Rikscha ins 21. Jahrhundert radeln. Und das ist leider in wenigen Stunden«, stelle ich trocken fest. »Was auch immer wir jetzt unternehmen, wir müssen es schnell tun. Sehr schnell! Und wir brauchen jemanden, der uns dabei hilft ...«

»Ihr beiden habt wirklich Glück, dass ich so ein gutmütiger Zeitgenosse bin!« Philippe Dupree hat sich wie ein Bär vor uns aufgebaut, und genauso brummt er auch, als er uns jetzt eine Standpauke hält.
»Ich meine – ich habe euch beiden eine Anstellung in der Schlossküche besorgt. Wisst ihr, wie viele Kinder sich die Finger nach so einer Gelegenheit schlecken? Eine feste Arbeit, ein Dach über dem Kopf und Verpflegung gibt es obendrein auch noch!«
»Also, falls Sie mit Verpflegung die wässrige Suppe meinen«, werfe ich ein, werde aber sofort unterbrochen.

»Schweig, Henri! Jetzt rede ich!«, brummt Dupree noch lauter. »Also – ich habe mich für euch verbürgt, ihr seid nur ein Mal zur Arbeit erschienen, und am nächsten Morgen habt ihr euch schon aus dem Staub gemacht. Normalerweise sollte ich euch jetzt einsperren. Mindestens aber vom Hof jagen! Jawohl! Stattdessen stehe ich hier und höre mir von euch an, dass ihr schon wieder meine Hilfe braucht. Unglaublich ist das! Ich bin einfach zu gut für diese Welt!«

»Monsieur«, flötet Hilda mit einer Stimme, die ich so gar nicht von ihr kenne, »ich verstehe, dass Ihr enttäuscht seid, aber wir können das alles erklären. Und wir flehen Euch an: Bitte, helft uns!« Es folgt ein Augenaufschlag, der ganze Gletscher zum Schmelzen bringen würde.

Dupree überlegt, dann gibt er sich einen Ruck.

»Also gut, dann erzählt mal: Warum seid ihr einfach verschwunden? Und vor allem, warum seid ihr jetzt wieder da?«

Ich hole tief Luft und hoffe, dass ich jetzt wirklich überzeugend klinge.

»Monsieur Dupree, wir sind nicht allein nach Paris gekommen. Unser Onkel hat uns begleitet. Er wollte sich ebenfalls eine Arbeit suchen. Gestern Abend waren wir mit ihm verabredet – nur deswegen sind wir noch einmal losgegangen. Aber unser Onkel ist nicht zum vereinbarten Treffpunkt gekommen.«

»Wir haben ihn überall gesucht«, ergänzt Hilda, »aber wir finden ihn einfach nicht. Wir machen uns riesige Sorgen!

Was, wenn ihm etwas zugestoßen ist? Dann haben wir niemanden mehr auf dieser großen, weiten Welt! Monsieur Dupree, ich flehe Euch an, helft uns, ihn zu finden!« Jetzt verdrückt Hilda sogar ein paar Tränchen – ich bin schwer beeindruckt, sie ist eine begnadete Schauspielerin!
Dupree, der bis eben noch sehr böse geguckt hat, seufzt und ringt sich tatsächlich zu einem nachsichtigen Lächeln durch.
»Kinder, Kinder, warum habt ihr das denn nicht gleich gesagt? Anstatt euch nachts aus dem Schloss zu schleichen? Und was euren Onkel anbelangt – macht euch keine Sorgen. Wahrscheinlich ist er nur den Verlockungen der großen Stadt erlegen. Das kann schon mal vorkommen, wenn man vom Land kommt.«
»Welche Verlockungen?«, will ich wissen.
»Nun, Paris ist die Stadt der schönen Frauen. Und vielleicht hat euer Onkel genau so eine entdeckt. Ah, l'amour! Die Liebe!«
Ich muss grinsen. Tatsächlich hat Siegfried eine Schwäche für Frauen und ist unerklärlicherweise der festen Überzeugung, dass es denen umgekehrt genauso geht. Ob er gestern bei seinem abendlichen Spaziergang jemanden kennengelernt hat?
Hilda schüttelt den Kopf und flüstert mir zu:
»Nee, echt nicht! Siegfried ist ein Vollidiot, aber ich kann mir nicht vorstellen, dass er seelenruhig mit einer neuen Bekanntschaft durch Paris spaziert, während die Monduhr tickt und es ihm passieren kann, dass er hier die nächsten

drei Jahre kleben bleibt. Aber vielleicht hat ihn d'Artagnan ja genauso vergiftet wie uns, und er liegt gerade irgendwo bewusstlos rum. Ich verstehe nur immer noch nicht, warum d'Artagnan das gemacht hat.«
»Ähm, nein, Monsieur Dupree, ich glaube nicht, dass mein Onkel eine Bekanntschaft gemacht hat. Er ... äh ...«, ich zermartere mir das Hirn, wie ich Dupree davon überzeugen könnte, dass Siegfried in Gefahr schwebt, »... er ist nämlich ... äh ... gerade Witwer geworden. Er ist noch sehr traurig.« Puh! Chakka! Genau! Das ist ein guter Grund, sich nicht für Frauen zu interessieren. Bei Dad ist es genauso. Seit Mom tot ist, hat er sich nicht wieder verliebt. Das macht also total Sinn.
Dupree runzelt allerdings die Stirn.
»Ein Witwer, soso.«
»Und außerdem ist er leider sehr streitbar!«, fügt Hilda nun hinzu. »Er legt sich gern mit anderen Kerlen an. Vielleicht hat er jemanden zu einem Duell gefordert und ist nun schwer verletzt?«
Dupree lacht laut auf.
»Kinder, Kinder, nun geht aber die Phantasie mit euch durch. Ein einfacher Arbeiter vom Land und ein Duell? Nein, nein – das ist nur etwas für Edelleute. Und selbst denen ist es strengstens untersagt, sich zu duellieren. Kardinal Richelieu hat dafür gesorgt, dass der König Duelle verbietet und mit dem Tode bestraft.«
Auweia, das ist ja eine brutale Zeit, in der wir hier gelandet sind! Allerdings bringt mich der Name Richelieu auf

eine Idee. Wenn ich das aus dem Musketier-Film richtig erinnere, war das ein ziemlich unangenehmer Typ. Sehr machtgeil und gar nicht gut auf Leute zu sprechen, die mit Religion nichts am Hut hatten oder ihm sonst irgendwie in die Quere kamen.

»So mächtig ist der Kardinal?«, frage ich also. »Dann ist es für meinen Onkel besonders gefährlich hier – der ist nämlich nicht besonders gläubig. Man könnte auch sagen, er hält nichts von der Religion. Und von kirchlichen Würdenträgern wie Kardinälen und Bischöfen erst recht nichts. Er findet, alle Menschen sind gleich – egal ob König, Kardinal oder Bauer«, behaupte ich jetzt einfach mal so und hoffe, damit irgendwie Eindruck zu machen.

Scheint zu funktionieren! Mit einem Mal wird Philippe ganz blass.

»Euer Onkel lästert gegen die Heilige Kirche? Und zollt dem Priestertum keinen Respekt? Zweifelt gar an der Monarchie? Um Gottes willen – dann müssen wir ihn tatsächlich schnell finden. Sonst ist er verloren! Kardinal Richelieu und seine Schergen lassen keine Gnade walten, wenn sie eines aufrührerischen Ketzers habhaft werden. Hoffen wir, dass es für euren Onkel noch nicht zu spät ist!«

Schluck! Ich habe mir meine Geschichte zwar nur ausgedacht – aber wenn Philippe das so sagt, mache ich mir tatsächlich Sorgen um Siegfried. Schließlich weiß man bei dem nie, mit wem er sich als Nächstes anlegt. Er wird bestimmt nie mein bester Freund werden – aber fünfzig Jahre Festungshaft wünsche ich ihm dann doch nicht!

16. Kapitel

Der Mann im Mond oder: Ein ziemlich genialer Plan!

Vielleicht wünsche ich ihm doch fünfzig Jahre Festungshaft. So wie es aussieht, hat Siegfried es tatsächlich geschafft, sich beim blöden »Fußevertreten« mit der erstbesten Garde anzulegen, die er getroffen hat.
»Ich glaube, er wurde dann gefangen genommen. So jedenfalls erzählen es meine Kameraden«, berichtet Philippe Dupree, nachdem er sich für uns Klatsch und Tratsch im Schloss angehört hat. Wir sitzen in einem Nebenraum der Küche, und zu meiner großen Überraschung hat uns Le Trouff gerade eine Suppe serviert, die tatsächlich schmeckt. Macht bei der Verpflegung offenbar einen Unterschied, ob man Küchenjunge ist oder Hauptmann der Palastgarde.
»Oh nein, das darf doch nicht wahr sein!«, stöhnt Hilda. »Und wo finden wir ihn jetzt?«
»Ich fürchte, in den Verliesen des Kardinals. Zu denen habe ich keinen Zugang. Ich bin mir nicht mal sicher, wo man diese findet. Wenn er auf unserer Wache gelandet wäre, dann wäre es etwas anderes, aber so…«

»Moment mal«, hake ich nach, »heißt das, es gibt hier im Schloss Geheimverliese? Und unterschiedliche Wachen? Ich dachte, wir wären bei Euch an der richtigen Adresse für alles, was mit der Bewachung des Schlosses zu tun hat.«

Philippe Dupree schiebt den Suppenteller vor sich weg und drückt sein Kreuz durch.

»Natürlich bin ich für die Bewachung des Schlosses der Richtige! Aber dann gibt es eben noch die Garden seiner Eminenz, die nur dem Kardinal selbst unterstehen und diesen beschützen. Und die Musketiere, die wiederum nur dem König dienen. Und jede dieser Einheiten hat eigene Quartiere.« Er senkt seine Stimme zu einem Flüstern. »Die Kardinalsgarden logieren im Kardinalspalais. Man sagt, wer einmal in ihre Fänge gerät, der erblickt nie wieder das Tageslicht. Und man sagt, dass es unterirdische Gänge und Gewölbe unter dem Palais gibt, in denen sich unheimliche Dinge abspielen.«

Mir läuft ein kalter Schauer den Rücken hinunter, und gleichzeitig macht sich Hoffnungslosigkeit in mir breit. Wie sollen wir Siegfried bloß rechtzeitig aus diesem Verlies befreien? Und was, wenn man uns dort auch einsperrt?

Hilda überlegt.

»Monsieur Dupree, was trägt die Garde des Kardinals? Haben sie die gleichen Uniformen wie Ihr?«

Dupree schüttelt den Kopf.

»Nein. Wir, die Palastgarde, haben alle die gleichen roten, engen Uniformen. Die Männer des Kardinals hingegen haben rote, weite Überwürfe mit einem weißen Kreuz auf Brust und Rücken.«

»Und wer wäscht die Uniformen der Garde? Geschieht dies im Palais?«

Dupree muss lachen.

»Was für eine komische Frage! Ich weiß es nicht, ich bin schließlich kein Waschweib. Wir Palastgarden sind selbst dafür verantwortlich, unser Zeug zu pflegen und in Schuss zu halten. Ich für meinen Teil vertraue auf die Dienste der Waschfrauen in der Rue de l'Echelle.«

»Bingo!«, ruft Hilda und springt vom Tisch auf.

»Bingo?«, fragt der Hauptmann erstaunt nach. »Wer ist das?«

Hilda lacht.

»Tja, der Monsieur Bingo. Ein toller Typ. So nenne ich das unwahrscheinliche Glück, dass bestimmt alle, die im Schloss arbeiten, ihre Wäsche in der Rue de l'Echelle machen lassen. Die Wahrscheinlichkeit, dass das auch auf die Garden des Kardinals zutrifft, ist hoch, würde ich sagen. Also, auf, auf! Lasst uns dort noch ein paar Goldstücke loswerden.«

»Mathilde, ich verstehe kein Wort«, muss ich zugeben.

»Ist doch ganz einfach, Henri: Kleider machen Leute! Wenn es uns gelingt, irgendwie an Uniformen des Kardinals zu kommen, haben wir eine Chance, uns im Palais mal genauer umzusehen. Wir müssen alles versuchen, um Siegfried wiederzufinden. Ich kann Wotan nicht unter die

Augen treten und ihm beichten, dass wir seinen Lieblingsenkel in der Renaissance vergessen haben.«
Philippe Dupree reißt die Augen auf.
»Bingo, Siegfried, Wotan? Mon dieu – um Gottes willen! Von wem redet ihr? Wer sind diese Leute? Und wollt ihr wirklich versuchen, ins Palais zu kommen? Man wird euch auch in Uniformen sofort erkennen, da bin ich mir sicher. Ihr seid Kinder, das sieht man doch!«
Ich fürchte, Dupree hat recht. Das wird nicht so einfach funktionieren. Was wir bräuchten, wäre ein sehr genialer Trick, um uns alle in das verfluchte Palais zu bekommen. Fieberhaft denke ich über alle genialen Tricks nach, von denen ich im Zusammenhang mit gelungenen Gefangenenbefreiungen schon mal gehört habe. Leider sind es nicht allzu viele. Ehrlich gesagt eher null. Oder? Moment – eine sehr coole Szene taucht dann doch vor meinem inneren Auge auf. Richtig! *Star Wars*, Episode 1! Genau das ist es!
»Ich hab's«, rufe ich aufgeregt. »*Star Wars!* Episode 1! Han Solo, Luke Skywalker und Chewbacca retten Prinzessin Leia kurz vor ihrer Hinrichtung! Getarnt als imperiale Stormtrooper, dringen Han und Luke mit ihrem Gefangenen Chewbacca bis in den Gefängnistrakt vor, wo sie Leia befreien können.«
In dem Moment, als ich meinen Gedanken laut ausgesprochen habe, ahne ich schon, dass das eine ganz schlechte Idee und die Nummer mit *Star Wars* einer zu viel war. Nun ist es nämlich Philippe Dupree, der vom Tisch aufspringt.

»So, nun reicht es mir aber! Mit euch stimmt doch etwas nicht! Diese vielen komischen Namen – und dann habt ihr allen Ernstes vor, dem Kardinal die Stirn zu bieten! Nein, ihr seid keine Kinder vom Land! Sagt mir also sofort, wer ihr wirklich seid, sonst lasse ich euch auf der Stelle verhaften. Und glaubt mir, wir haben hier im Louvre auch ein schreckliches Verlies, in dem man vorzüglich verrotten kann!«
Hilda holt tief Luft.
»Ihr habt recht, Monsieur. Wir sind keine Kinder vom Land, die nach Arbeit suchen.« Sie macht eine kurze, theatralische Pause. »Wir sind Agenten. Und wir sind in geheimer Mission hier.«
Alter Verwalter! Was hat sie gerade gesagt? Das glaube ich jetzt nicht. Mit Sicherheit sind wir dem schrecklichen Verlies nun einen gewaltigen Schritt näher gekommen. Allerdings nicht als Siegfrieds Befreier. Sondern als neue Insassen!

Ich weiß immer noch nicht, wie Dupree diese abenteuerliche Geschichte schlucken konnte: dass wir als Agenten des Königs diesen vor der gefährlichen Mondsekte schützen müssen. Beziehungsweise seine Frau, die Königin. Die nämlich vom Mann im Mond entführt werden soll. Na gut – um diese wilde Story glaubhafter zu machen, hat Hilda sehr effektvoll auf dem Höhepunkt ihrer Gruselgeschichte die Monduhr aus der Tasche gezogen und Dupree unter die Nase gehalten. Der schwebende Mond hat ihn natürlich zutiefst beeindruckt. Um letzte Zweifel auszuräumen, hat sie ihn dann noch kurz durch den LOGE 8000 schauen lassen – und zwar in der dunklen Kammer, in der der Hofkoch seine Kartoffeln lagert. Nun war Dupree völlig davon überzeugt, dass nur die Rettung Siegfrieds aus den Klauen des Kardinals noch die unfreiwillige Reise der Königin zum Mond verhindern könnte, da Siegfried nämlich ein extrem wichtiger Kontaktmann zum Mann im Mond sei, gewissermaßen ein verdeckter Ermittler.

Jedenfalls ist Dupree nun mit uns zur Wäscherei marschiert, und gegen zwei Goldstücke hat er einem der Waschweiber tatsächlich eine Uniform der Kardinalsgarde aus den Rippen geleiert.

»So, mein Junge«, will er dann von mir wissen, »nun erklär mir doch noch mal genau deinen Plan mit diesem *Star Wars*. Was heißt das eigentlich? Und was hat das mit dem Vogel zu tun?«

»Welcher Vogel?«, frage ich verständnislos.

»Na, mit dem Star natürlich. *Star Wars*. Der Star war's? Aber was *war* er denn?«

Ich muss grinsen.

»Äh, nein, das … äh … also, die Geschichte handelt vom Krieg der Sterne und …«

Als ich Duprees komplett ratloses Gesicht sehe, beschließe ich, ihn nicht noch mehr zu verwirren.

»Ach, die Geschichte heißt einfach so. Im Grunde genommen geht es da um eine alte Kriegslist: Man zieht die Uniform des Feindes an, tut so, als seien die eigenen

Komplizen Gefangene, und bringt dann diese ›falschen‹ Gefangenen in das Gefängnis des Feindes. Dort überwältigt man die Wachen und befreit die eigenen Leute. Klappt in der Geschichte ganz wunderbar. Und im echten Leben hoffentlich auch.«
Dupree seufzt.
»Gut, das ist sehr gewagt, junger Freund. Aber wenn ich damit die Königin vor dem Mann im Mond retten kann, will ich es tun. Ich ziehe die Uniform an, und dann bringe ich euch ins Palais des Kardinals.«
Ja. Er hat recht. Der Plan ist sehr gewagt. Und ich hoffe mal, er funktioniert nicht nur im Film! Anders als in Hollywood haben wir nämlich leider nicht mehrere Anläufe, bis die Szene im Kasten ist …

17. Kapitel

Hinter Gittern

»He da! Ich bringe zwei Gefangene!«
Die Wache lässt uns auch die nächste Tür passieren. Bisher funktioniert der *Star Wars*-Trick wirklich bombe. Wir sind ungehindert ins Palais des Kardinals gekommen – ein ähnlich imposanter Bau wie das Schloss, nur viel kleiner. Auch im Palais selbst hat niemand gefragt, wer wir sind und was wir eigentlich wollen. Der grimmige Blick von Dupree in Kombination mit der Uniform hat völlig ausgereicht, um den Gefangenentransport glaubwürdig erscheinen zu lassen. Nur auf dem Weg zum Verlies hätte es beinahe noch Probleme gegeben. Aber Dupree hatte alles im Griff. Er hat einfach einen anderen Gardesoldaten gebeten, ihn zu begleiten, falls wir, seine Gefangenen, auf dumme Gedanken kämen. Ein einfaches *Geh du ruhig vor* an den Kollegen, schon hatten wir die perfekte Begleitung.
Nun befinden wir uns tief unter dem Palais und kommen den Schreien und Klagen der anderen Gefangenen immer näher. Ich muss gestehen, dass mein Hals vor Nervosität langsam ganz schön trocken wird. Ist richtig unheimlich hier!

»Oh Mann, Hilda – hoffentlich kriegen wir Siegfried hier wieder heil raus. Und uns selbst auch«, flüstere ich meiner Co-Agentin zu. Die nickt stumm.
»Was schwatzt ihr da?«, brüllt uns Dupree so laut an, dass wir zusammenzucken. Er geht echt ziemlich in seiner Rolle auf, das muss ich schon sagen!
Hilda und ich laufen geduckt weiter, noch ein großer Torbogen zum nächsten Gewölbe, dann scheinen wir wirklich im Verlies zu sein: Gitterstäbe, um die sich schmutzige Finger klammern, lautes Rufen und Jammern, als wir näher kommen.
Die nächste Wache stellt sich uns in den Weg.
»Wen bringst du?«
»Ein Junge und ein Mädchen. Haben in der Kirche Notre-Dame einen Opferstock ausgenommen und bei der Festnahme seine Eminenz, unseren geliebten Kardinal, beleidigt. Schändlich! Brauchen eine Lektion«, ereifert sich Dupree. Der Wachmann schüttelt den Kopf.
»Was soll nur aus dieser Jugend werden? Das hätte es bei uns früher nicht gegeben!«
»Sag, Kamerad, sitzt hier ein gewisser Siegfried? Ist wohl der Onkel der beiden Diebe hier. Vielleicht ganz gut, wenn wir die ganze Sippschaft beisammenhaben.«
Der Wachmann nickt.
»Tatsächlich. So einen mit einem so komischen Namen haben wir hier. Ganz hinten, vor dem nächsten Gewölbe. Warte, ich schließe dir auf, dann sperren wir die Kinder zu ihm.«

Er läuft vor, wir mit Dupree hinterher. Schließlich bleibt er vor einem Gitter stehen, das etwas kleiner ist als die vorangegangenen.
»Hier. Der Herr hat eine Einzelzelle. War nichts anderes mehr frei.«
Er schließt auf und schubst Hilda und mich hinein. Zunächst sehe ich überhaupt niemanden, aber beim zweiten Blick liegt tatsächlich eine Gestalt auf dem Boden an der hinteren Zellenwand und schnarcht.
»Siegfried! Er ist es!«, flüstert Hilda.
»So, hier könnt ihr gemeinsam mit eurem verkommenen Onkel in Ruhe über eure Taten nachdenken!«, dröhnt Dupree. Das Gitter fällt wieder ins Schloss. Der andere Wachmann wendet sich zum Gehen, wartet dann allerdings auf Dupree.
»Geh ruhig schon vor, Kamerad«, schickt ihn dieser los, »ich werde den Kindern noch einmal ins Gewissen reden, beim Verhör alles zu gestehen. Vielleicht finden wir so noch mehr über diese diebischen Elstern und die ganze Bande heraus.«
»Wie du meinst«, erwidert der Wachmann, dann verschwindet er wieder nach vorn zum Gewölbeeingang.
Als er weg ist, kniet sich Hilda neben Siegfried und rüttelt ihn wach.
»Mann, Siegfried! Wie kannst du jetzt schlafen? Wir müssen dringend nach Hause, und du hast nichts Besseres zu tun, als dich mit den falschen Leuten anzulegen!«
Siegfried gähnt und blinzelt sie an.

»Oh, hey, Hilda! Wo kommst du denn auf einmal her?«
»Na, woher wohl? Aus dem Gasthaus, in dem du eigentlich auf uns warten solltest!«
»Nun komm mal wieder runter! Ich wollte mir nur ein bisschen die Zeit vertreiben. Im Wirtshaus war es sehr lustig, und d'Artagnan hatte mich gerade einer sehr netten Dame vorgestellt, als plötzlich ...«
»D'Artagnan, dieser ...«, ruft Hilda laut, »dieser! Der tickt doch nicht mehr ganz richtig! Er hat uns Schlafmittel ins Essen gemischt, und jetzt ist er verschwunden! Hat er dich hierhergebracht?«
Siegfried schüttelt den Kopf.
»Nein, nein. Ich war im Gespräch mit der Dame, als plötzlich die Männer des Kardinals in den Wirtsraum kamen. D'Artagnan hat sich daraufhin verzogen und mir geraten, wieder aufs Zimmer zu gehen, da mit diesen Burschen nicht zu spaßen sei.«
Ich stöhne.
»Und? Warum hast du das nicht einfach gemacht?«
Siegfried lacht auf.
»Da kennst du Siegfried schlecht! Ich war gerade dabei, der Dame die Welt zu erklären. Da lasse ich mich doch nicht von ein paar Idioten in roten Kleidchen aus der Ruhe bringen! Ich, einer der größten Helden der Menschheitsgeschichte!«
Dupree mustert ihn durch die Gitterstäbe.
»Und ihr seid sicher, dass *dieser Mann* die Königin vor dem Mann im Mond retten wird? Und dass wir ihn be-

freien sollten?«, will er von Hilda und mir wissen und klingt dabei ziemlich fassungslos.

»Mann im Mond? Wovon redet der Depp?«, fragt Siegfried. »Und wieso hilft der uns? Ist der nicht auch einer von denen?«

»Äh, also, das ist so …«, setze ich zu einer Erklärung an, doch bevor ich mir diese aus den Fingern gesaugt habe, wird es in der Nachbarzelle laut. Beziehungsweise VOR der Nachbarzelle. Vier Wachen stürzen mit Fackeln auf die Zelle zu, hinter ihnen ein schlanker, hochgewachsener Mann in einem roten langen Rock mit einem roten Umhang und einem ebenso roten Käppi.

Philippe Dupree erstarrt bei seinem Anblick.

»Mon dieu, oh mein Gott!«, flüstert er mir durch die Stäbe zu. »Richelieu! Das ist der Kardinal!«

Die Zellentür wird aufgeschlossen, Wachen und Kardinal verschwinden in dem dunklen Loch. Kurz darauf hören wir dröhnende Stimmen.

»Gestehe, dass du dich mit den Musketieren verschworen hast, Elender!«

Die Antwort können wir nicht verstehen, sie ist viel leiser. Es scheint aber kein Geständnis zu sein, denn nun dröhnt die Stimme weiter:

»Waren die Musketiere in London? Haben sie es zum Herzog von Buckingham geschafft? Gestehe endlich, dass du mit diesen ehrlosen Gesellen und der Königin unter einer Decke steckst!«

»Wovon redet der?«, will Siegfried wissen. »Meint der

etwa *unsere* Musketiere? Also d'Artagnan und seine Kollegen, die wir in Paris getroffen haben? Und wer ist der Clown überhaupt?«
»Der Clown ist der mächtige Kardinal Richelieu«, kläre ich unseren Superhelden auf.
»Genau!«, stimmt mir Dupree zu. »Man sagt, er sei mächtiger als der König selbst, der wahre Herrscher Frankreichs. Klüger und listiger ist er auf alle Fälle! Man muss sich vor ihm in Acht nehmen, bei meiner Seel!«
»Pah, wenn er so mächtig ist, könnte er sich wenigstens etwas Vernünftiges anziehen!«, motzt Siegfried weiter. »In diesem roten Fummel sieht er aus wie ein billiger Weihnachtmann auf dem Weg ins nächste Einkaufscenter. Und was ist jetzt mit dieser Verschwörung?«
In meinem Hirn rattert es. Ich bin mir sicher, ich habe schon davon gehört. Beziehungsweise gesehen. Handelt nicht der alte Film über die drei Musketiere, den Dad so gern sieht, genau davon? Wie war das noch mal – die Musketiere mussten doch tatsächlich nach London reisen, um da irgendwas zu besorgen.
Hilda zuckt mit den Schultern.
»Ich weiß auch nicht, was er meint. Und es ist mir auch egal. Viel wichtiger ist, dass wir hier bald die Biege machen. Sobald die da nebenan wieder weg sind, müssen wir los.«
»Dann hoffe ich mal, du hast einen Schlüssel mitgebracht, Tantchen«, spottet Siegfried. »Die Gitterstäbe hier sind nämlich nicht ohne. Und an den Wachen vorbeizukommen

wird auch nicht so einfach. Selbst wenn der da«, er deutet auf Dupree, »uns dabei hilft – als sie mich gefangen genommen haben, waren die ganz schön in der Überzahl.« Er grinst. »Logisch, sonst hätten die mich auch nie im Leben gekriegt.«
»Schon klar, du germanische Eiche«, spottet Hilda. »Ich brauche allerdings keinen Schlüssel, mir reicht der LOGE 7000. Moment …« Sie kramt in dem Rucksack, den sie die ganze Zeit unter ihrem Rock mitschleppt, und zieht das explosive Kaugummi hervor. Siegfried runzelt die Stirn.
»Was ist das?«
»Tja, hättest du im Flieger aufgepasst, wüsstest du es jetzt.«
»Hallo?! Da musste ich euch schließlich nach Paris fliegen, schon vergessen?«
Mir reißt der Geduldsfaden.
»Mann, könntet ihr mal aufhören, euch gegenseitig anzuzicken, und euch stattdessen ein bisschen beeilen? Ich habe überhaupt gar keine Lust, die nächsten vierhundert Jahre vor meiner Zeit hier zu verbringen!«
»Ist ja schon gut«, murmelt Hilda, bricht ein winziges Stück von dem Kaustreifen ab, steckt es in den Mund, kaut kurz und klebt es dann an das schwere, rostige Schloss unserer Zellentür. Wenig später kommt das vertraute *PUFF* – dann schwenkt die Tür tatsächlich auf. Uff, diese Hürde wäre schon mal genommen!
»Und jetzt? Spazieren wir da einfach so an den Haupt-

wachen vorbei? Werden die sich nicht wundern, wenn euer Helfer uns alle drei aus dem Verlies holt? Wo er doch eigentlich auch gar keinen Schlüssel hat?«

»Mach dir keine Sorgen. Auch daran haben wir gedacht. Monsieur Dupree, die zweite Uniform bitte!«

»Gern, Mathilde!« Er greift unter seinen Uniformumhang, zieht ein Päckchen hervor und reicht es Siegfried. »Bitte sehr. Eine Gardeuniform. Wenn Ihr Eure Arbeiterkluft dagegen tauscht, wird Euch niemand mehr erkennen. Dann verlassen wir das Verlies, ich verwickle die Wachen in ein Gespräch, und wenn Ihr dann mit Henri und Mathilde an ihnen vorbeischleicht, werden sie Euch gar nicht groß beachten.«

Siegfried pfeift anerkennend.

»Nicht so schlecht, muss ich sagen! Ihr habt Euch tatsächlich Gedanken gemacht! So könnte es klappen.«

Unser Plan ist eins a! Völlig problemlos gelangen wir bis zum Ausgang des Gewölbes, keiner der Soldaten, die uns entgegenkommen, würdigt uns auch nur eines Blickes. Am Wachposten steuert Dupree auf den Wachmann zu, der uns eben begleitet hat.

»So, Kamerad, dann werde ich mal wieder auf meinen Posten gehen«, spricht er ihn an und stellt sich dabei so, dass er ihm die Sicht auf den Gang versperrt, aus dem wir soeben herausschleichen.

Siegfried führt unseren kleinen Trupp nun an, Hilda und ich versuchen, uns so gut es geht hinter seinem brei-

ten Rücken zu verstecken. Mit selbstbewussten Schritten stapft er vor uns her, niemand würde vermuten, dass er etwas anderes sein könnte als ein Gardist des Kardinals.
Wir haben schon fast den Teil des Gewölbes erreicht, von dem die Treppe hoch in den Palast führt, da ruft uns ein anderer Wachsoldat hinterher:
»He, nicht so eilig, Kamerad! Ich brauche noch deinen Passierschein! Du weißt doch – ohne den verlässt niemand das Verlies.«
Siegfried bleibt stehen und dreht sich langsam um.
»Äh, ja, natürlich, einen Moment.« Dann flüstert er uns zu: »Na großartig – was machen wir jetzt?«
Noch bevor wir antworten können, kommt die Wache schon auf uns zugelaufen.
»Wohin willst du diese Gefangenen bringen?«, ruft er.
»Also, wenn ihr jetzt keine Idee habt, habe ich eine«, sagt Siegfried leise. Siegfried, eine Idee? Da bin ich aber gespannt.

18. Kapitel

Ach, du dickes Ei!

Die Spannung hält natürlich nicht lange an. Siegfried hat beschlossen, das Problem so zu lösen, wie er Probleme nun mal gern löst. Kaum hat der Wachmann uns erreicht, holt Siegfried aus – und streckt ihn mit der Wucht seiner rechten Faust nieder.

»Lauft los!«, schreit er. »Nichts wie weg hier!«

Ich überlege nicht lange – nehme die Beine in die Hand und renne um mein Leben!

Wir kommen genau bis zum letzten Absatz der Treppe – dann haben sie uns eingeholt. Sechs Gardisten umringen uns, anders als Duprees Truppe sind sie nicht mit Hellebarden, sondern mit Degen ausgestattet. Und mit denen halten sie uns jetzt in Schach. Ich habe eine Degenspitze direkt vor meiner Nase und muss sagen, dass sich das nicht besonders gut anfühlt.

»Großartig!«, zischt Hilda Siegfried an. »Wirklich toll!«

»Hattest du einen besseren Plan?«, giftet er zurück. Sie schweigt. »Nein? Dachte ich mir.«

»Was ist denn mit deinen Raben?«, flüstere ich Hilda zu, während die Degenspitzen immer näher kommen.

»Zwei Raben gegen sechs Soldaten?« Sie schüttelt den Kopf. »Bei aller Kraft, die Hugin und Munin besitzen – ich fürchte, das wird nicht reichen, um uns hier rauszubringen.«

Verdammt! Unser Rückreisetermin mit der Rikscha rückt in immer weitere Ferne! Und alles nur wegen eines Bechers, der gar nicht aus Nibelungengold ist.

Siegfried ballt noch einmal die Fäuste, als würde er überlegen, ob er die sechs Gardisten im Alleingang abräumen kann, lässt die Hände dann aber wieder sinken. Die Soldaten rücken noch ein Stück näher an uns heran.

»Ergebt euch, Widerstand ist zwecklos und kann euer Leben kosten!«, ruft uns der Anführer der Garde zu.

»Keinesfalls!«, ruft Siegfried wütend, klingt dabei aber nicht besonders überzeugend. Ich überlege fieberhaft, wie wir aus dieser Nummer wieder rauskommen. Dann hab ich's! Die Lösung ist total einfach, warum ist mir das nicht gleich eingefallen?

»Hilda – hast du auch den LOGE 9000 dabei?«, flüstere ich ihr zu.

»Ja, hab ich.«

»Dann los! Worauf wartest du?«

»Wir sollen ihn nur im absoluten Notfall verwenden.«

Ich rolle mit den Augen.

»Na, dann wollen wir mal hoffen, dass bald ein absoluter Notfall eintritt!«, ätze ich.

»Na gut, es ist ein Notfall. Aber wir haben das Ding noch nicht auf Siegfried geprägt. Wenn ich den LOGE jetzt

zünde, wird es auch unseren Superhelden aus den Latschen hauen.«
»Dreißig Sekunden gehen doch schnell rum. Das könnten wir noch schaffen. Los, gib ihm das Ei!«
»Was redet ihr da?«, fragt Siegfried, während er versucht, die Gardisten mit Faustschlägen in die Luft ein wenig auf Abstand zu halten.
»Loge hat uns eine Superwaffe mitgegeben. Wir können sie aber erst einsetzen, wenn du sie in der Hand gehalten hast«, erkläre ich ihm den LOGE 9000 in Kurzform.
»Hä?«
»Frag nicht lange, nimm!«, ruft Hilda und will ihm das Ei in die Hand drücken, während die Soldaten uns mit den Degen schon so dicht auf die Pelle gerückt sind, dass wir drei Rücken an Rücken stehen. Siegfried dreht sich halb zu Hilda, greift nach dem LOGE – und lässt ihn fallen! Das Ei rollt direkt auf die Füße eines der Soldaten zu, der sich bückt und es aufheben will. Das darf doch nicht wahr sein! Jetzt sind wir geliefert!
Oder eher: sind wir geliefert, wenn ich nichts unternehme. Ich gehe in die Knie, strecke blitzschnell meinen Arm nach vorn und schnappe mir den LOGE. Ehe der Soldat noch reagieren kann, habe ich auch schon den Ring abgezogen. Muss ich den LOGE 9000 nun wie eine Handgranate von mir wegwerfen?
Einundzwanzig, zweiundzwanzig, dreiundzwanzig: Drei Sekunden später breitet sich schlagartig dichter Nebel in

der Halle aus, ich kann wirklich die Hand vor Augen nicht mehr sehen. Außerdem beißt der Nebel ziemlich in meinen Lungen, sodass ich husten muss.

Vierundzwanzig, fünfundzwanzig, sechsundzwanzig! Weitere drei Sekunden, und der Nebel ist wie weggeblasen. Geschockt schaue ich mich um: Die Soldaten liegen auf dem Boden und sehen aus, als würden sie tief und fest schlafen. Und nicht nur die, auch Siegfried schläft tief und fest. Logo, das mit der Prägung hat ja sensationell geklappt. NICHT!

»Ach du Scheiße«, murmelt Hilda, »wie kriegen wir den jetzt hier raus?«

»Tragen«, antworte ich. »Immerhin sind wir zu zweit.«

»Haha, da bin ich aber sehr gespannt – ich glaube, mein Superneffe wiegt mit Klamotten bestimmt neunzig Kilo.«

Dazu sage ich nichts. Stattdessen packe ich Siegfried an den Füßen und versuche, ihn ein Stück Richtung Ausgang zu ziehen. Aber sosehr ich auch zerre – Siegfried bewegt sich nicht einen Millimeter.

»Mann, ey!«, schreie ich Hilda an, die immer noch seelenruhig neben mir steht. »Jetzt hilf mir doch mal!«

Sie zuckt mit den Schultern, aber dann bequemt sie sich doch und packt den bewusstlosen Siegfried bei den Händen. Mit vollem Einsatz versuchen wir, Siegfried nach draußen zu schleppen – aber leider zeigt sich sehr schnell, dass er einfach zu schwer für uns ist. Nach einem Meter Herumgeschleife geben wir auf. Warum ist der auch so verflucht schwer?

»Hilda, kannst du nicht irgendeine Walküren-Superkraft aktivieren?«
»Nein. Ich hab es dir doch schon mal erklärt – ich habe keine Superkräfte. Jedenfalls keine richtigen. Und ich hasse es, mit übermenschlicher Unterstützung zu arbeiten. Da habe ich meine Prinzipien.«
Superklasse. Wir hängen hier im 17. Jahrhundert fest, bedroht von feindlichen Soldaten, und Madame Walküre pflegt ihre Prinzipien. Ich denke nach.
»Okay, Philippe ist leider auch bewusstlos, der kann uns nicht helfen. Was hat Loge gesagt? Wie lange haben wir Zeit, ehe die hier alle wieder aufwachen?«
»Ich glaube, eine Stunde.«
»Verdammt wenig Zeit. Aber wir müssen das Beste daraus machen. Komm!« Ich laufe los.
»Aber wo willst du denn hin?«, ruft mir Hilda hinterher.
»Frag nicht! Komm einfach mit!«

Ich wusste, dass d'Artagnan hier sein würde! Dieser Blick, mit dem er sie gestern betrachtet hat – ich war mir einfach sicher. Und ich habe mich nicht getäuscht. Gott sein Dank! Denn draußen ist es mittlerweile wieder dunkel, was heißt, dass wir nicht mehr viel Zeit haben, um Siegfried zu der verdammten Rikscha zu schaffen und endlich wieder zurück in die Gegenwart zu strampeln. Wenn der Vollmond zu Hause untergeht, sind wir fällig.
Aber noch haben wir ein bisschen Zeit, um d'Artagnan aus dem Louvre und in den Kardinalspalast zu lotsen.

Dort haben wir ihn nämlich aufgespürt. Genauer gesagt in den Gemächern der Königin, wieder hinter einer Säule versteckt, die Königin und ihre Zofe belauschend.
»Wow!« Hilda pfeift anerkennend, als sie d'Artagnan sieht. »Du hattest recht. Ich bin beeindruckt. Wie bist du drauf gekommen?«
»Sein Blick. Er hat diese Constance genauso angeguckt, wie Dad immer schaut, wenn er von meiner Mom erzählt. Echt Herzchen in den Augen – genau das Gleiche! Dad würde auch alles dafür geben, wenn er sich noch einmal mit Mom treffen könnte. Und genauso hat d'Artagnan dieses Mädchen gestern angeschaut. Ich war mir sicher, er würde in den Palast zurückkehren, um sie noch einmal zu sehen.«
»Und jetzt?«
»Jetzt schnappen wir ihn uns, und dann schleift er mit uns zusammen Siegfried zur Rikscha. Ganz einfach! Zu dritt schaffen wir es ganz bestimmt.«
»Dann mal los«, Hilda klopft mir auf die Schulter, »er gehört dir!«
Ich schleiche zur Säule rüber und stelle mich unauffällig neben d'Artagnan. Wahrscheinlich hätte ich aber auch laut schreiend auf ihn zulaufen können, ohne dass er mich bemerkt hätte – so gebannt starrt er zu dem großen Fenster, durch das man auch heute Abend wieder die beiden Frauen beobachten kann. Man kann nicht hören, was sie sagen – aber sie diskutieren heftig miteinander. Königin Anna zeigt immer wieder Richtung Fenster und

sieht ziemlich verzweifelt aus. Die andere Frau versucht anscheinend, sie zu beruhigen. Fehlanzeige! Die Königin wirkt total nervös. Anscheinend hat sie noch etwas Wichtiges vor. Sie hat sich nämlich richtig in Schale geschmissen. Ich meine – gestern war sie schon aufgebrezelt, aber ihr Look heute toppt das noch mal. Der bodenlange, weite Rock ihres Kleides funkelt und glitzert, was das Zeug hält. Das enge Oberteil hat einen tiefen Ausschnitt und glitzert ebenfalls, die langen Puffärmel sind weißblau gestreift und mit blauen Bändern verziert. Außerdem hat das Oberteil einen aufgestellten Kragen aus Spitze, der Kragenrand wird von langen Federn verziert, die unter dem Spitzenabschluss hervorschauen. Mit anderen Worten: Königin Anna sieht aus wie eine Mischung aus Eisprinzessin und Sahnebaiser. Ziemlich übertrieben, aber trotzdem schön.
Aber irgendetwas fehlt wohl noch. Jedenfalls zupft Königin Anna ständig an ihrem Oberteil herum. Constance nimmt immer wieder ihre Hände und drückt sie, redet auf sie ein und zeigt ebenfalls zum Fenster. Worüber reden die beiden bloß?
Ich würde es zu gern herausfinden, aber dafür fehlt mir die Zeit. Irgendwann werden die Gardisten des Kardinals aus ihrer Ohnmacht erwachen, bis dahin müssen wir uns wirklich vom Acker gemacht haben. Es hilft also nichts – ich klopfe d'Artagnan von hinten auf die Schulter. Der zuckt wie vom Blitz getroffen zusammen und fährt zu mir herum.

»Mon dieu, hast du mich erschreckt, Henry!«
»Tja, Sie dachten, ich liege noch betäubt im Gasthaus, richtig? Sie haben uns vergiftet!«
D'Artagnan grinst verlegen.
»Mais non, aber nein! Ich wollte nur verhindern, dass ihr den Falschen in die Hände geratet, und dachte, eine kleine Pause im Gasthaus wäre gut für euch. Das war kein Gift, lediglich ein leichtes Schlafmittel.«
»Wer's glaubt, wird selig. Aber das will ich hier gar nicht ausdiskutieren. Kommen Sie mit, wir brauchen Ihre Hilfe!«
»Aber ich werde hier noch gebraucht! Ich kann jetzt noch nicht gehen!«
Ich merke, wie ich langsam richtig wütend werde.
»Sie werden hier gebraucht? Was müssen Sie denn hier machen? Der Königin die Schleppe halten? Die Damen beim Make-up beraten? Ich glaub's ja nicht! Sie kommen jetzt schön mit und helfen uns.«
Offensichtlich klinge ich so, als hätte ich schon das Messer in der Hand und wäre auch bereit, es zu benutzen. D'Artagnan seufzt jedenfalls und hebt beschwichtigend die Hände.
»Na gut. Was soll ich tun?«
»Das werden Sie dann schon sehen. Folgen Sie mir unauffällig.«
Ohne ihm eine weitere Erklärung zu geben, schleiche ich in die Dunkelheit voraus, Hilda und d'Artagnan hinterher. Das wäre doch gelacht, wenn unsere Abreise daran schei-

tert, dass wir Super-Siegfried nicht auf die blöde Rikscha gehievt bekommen!
Wir haben schon fast das Ende des Säulenganges erreicht, als uns ein junger Mann entgegenkommt. Groß, schlank, die kinnlangen großen Locken mit einem Hut gebändigt – und Augen, bei denen mir ein kalter Schauer über den Rücken läuft. Diese Augen kenne ich doch! Es sind die Augen von d'Artagnan! Verdammt, wir begegnen gerade seiner jüngeren Ausgabe – genau das sollten wir doch eigentlich vermeiden.
»Wegducken und weiter!«, zische ich dem alten d'Artagnan zu, aber der bleibt wie angewurzelt stehen.
»Das ... das bin ja ich!«, flüstert er.
»Stimmt. Aber Sie haben doch gehört, was Frau Urdmann gesagt hat – halten Sie sich von sich selbst fern!«, schimpft Hilda.
Der junge Mann zögert, er scheint uns gehört zu haben.
»Constance? Bist du das? Ich bin wieder da, und ich habe, was ihr braucht! Wo bist du? Wo ist die Königin?«
D'Artagnan will einen Schritt aus der Dunkelheit auf ihn zu machen, aber Hilda hält ihn am Ärmel fest.
»Pst! Und stehenbleiben!«, flüstert sie.
»Wer da?«, brüllt der junge d'Artagnan nun, zieht seinen Degen und stürzt auf uns zu. Wir retten uns mit einem Sprung hinter die nächste Säule. Er läuft an ihr vorbei und verschwindet in Richtung Gemächer der Königin.
»Boah, Ihre jüngere Ausgabe ist ja ganz schön schnell! Der hätte uns fast erwischt!«, fluche ich.

D’Artagnan lächelt.
»Nun, er hat eine wichtige Mission. Genau wie ich.«
»Dann sollten wir jetzt Gas geben. Wenn wir schon die Mission vergeigen, sollten wir wenigstens heil nach Hause kommen.«
Dazu sagt d’Artagnan nichts mehr. Ich hoffe mal, sein Schweigen bedeutet Zustimmung!

19. Kapitel

Verdammt knappe Kiste

»Was zeigt die Uhr?«, will ich von Hilda wissen, als sie mit Frau Urdmann um die Ecke getrabt kommt. Während ich Siegfried gemeinsam mit d'Artagnan in der Rikscha verstaut habe, hat sie die Norne im Gasthaus eingesammelt und zu unserem Fahrzeug Richtung Zukunft gebracht.

Hilda zieht die Uhr hervor: Der tanzende Mond ist kreisrund und der Strich kaum noch zu erkennen. Alarmstufe Rot! Schätze mal, wir haben höchstens noch zwanzig Minuten, um wieder zurückzuradeln. Aber viel länger dürfte auch die Wirkung des LOGE 9000 nicht anhalten, gefühlt hat die Operation »Heldenrettung« nämlich bestimmt schon eine Stunde gedauert.

Frau Urdmann kichert.

»Sieht so aus, als sollten wir zügig in die Pedale treten. Wer macht das überhaupt? Siegfried fällt wohl aus«, bemerkt sie dann mit einem abschätzigen Blick auf unseren Co-Agenten, der wie ein Mehlsack auf der Rückbank hängt.

»Kein Problem«, gebe ich mich gelassen. »Ich bin mir si-

cher, d'Artagnan wird das genauso gut hinbekommen wie Siegfried. Stimmt's?«
Keine Antwort. Ich drehe mich um und schaue zu der Stelle, an der d'Artagnan eben noch stand. Ach du Schreck! Der Musketier ist weg!
»Das darf doch nicht wahr sein!«, rufe ich.
»Scheiße! Wo ist der hin?«, ruft nun auch Hilda.
»Keine Ahnung. Ich habe mich nur kurz umgedreht, schon war er weg. Du hast auch nicht gesehen, wo er hingegangen ist?«
»Nein.« Hilda schüttelt den Kopf. »Ich habe gerade zu Urd geschaut, und als ich wieder in seine Richtung guckte, war er nicht mehr da. Argh, so ein Ärger! Na gut, dann muss es ohne ihn gehen. Moment!«
Hilda setzt sich auf den Sattel der Rikscha, schiebt ihren Rock nach oben und versucht, die Pedale zu erreichen. Tatsächlich – ihre Beine sind lang genug.
»Alle einsteigen bitte!«, ruft sie dann. »Wir fahren sofort los!«
»Halt, das geht doch nicht! Wir können doch d'Artagnan nicht einfach hier in der Vergangenheit lassen!«, protestiere ich.
»Das werden wir wohl tun müssen, wenn der Typ einfach abhaut. Wer weiß, vielleicht will er lieber im 17. Jahrhundert bleiben. Wie auch immer – ich will das auf gar keinen Fall. Also steig auf. Urd, leg los. Bring uns nach Hause!«
Frau Urdmann legt den Kopf schief.

»Besser wäre es schon, alle Reisenden kehrten zurück unter dem Mond!«, brummt sie dann unwillig. Siegfried stöhnt und regt sich.
»Wir haben keine Zeit mehr! Wenn Siegfried aufwacht, dann gilt das auch für die Garde des Kardinals. Ich bin mir ziemlich sicher, dass die uns verfolgen werden.«
Wo Hilda recht hat, hat sie recht. Dann lieber ohne den Franzosen. Ist schließlich selbst schuld, was haut der auch ständig ab?
Hilda steigt wieder vom Sattel und schiebt die Rikscha aus der Hecke, Frau Urdmann und ich setzen uns links und rechts von Siegfried auf die Rückbank und sorgen so dafür, dass er nicht umkippt. Er stöhnt wieder, dann brabbelt er unverständliches Zeug und schlägt schließlich die Augen auf.
»Wo ... wo bin ich? Was ist passiert?«
»Wir sind auf dem Rückweg!«, ruft ihm Hilda über die Schulter zu, dann nimmt sie wieder im Sattel Platz und beginnt zu strampeln. Frau Urdmann seufzt, scheint aber einzusehen, dass es keine andere Möglichkeit mehr gibt, als ohne d'Artagnan zu fahren. Sie schließt die Augen und verfällt in ihren Singsang, während Hilda immer schneller in die Pedale tritt und auf den Hauptweg des Schlossgartens fährt. Nebel zieht auf. Ein gutes Zeichen, dann haben wir es gleich geschafft.
»HALT!« Ein Schatten hechtet aus der Hecke direkt vor die Rikscha. Hilda legt eine Vollbremsung hin, Frau Urdmann, Siegfried und ich rumpeln in den Fußraum. Als ich mich

wieder hochgehangelt habe, kann ich sehen, wer sich uns so plötzlich in den Weg gestellt hat: Es ist d'Artagnan. Gut, das ist nicht wirklich überraschend. Will wohl doch nicht länger in der Renaissance bleiben. Kann ich gut verstehen, so schlecht, wie die medizinische Versorgung hier ist. Und die Kanalisation erst. Überraschend ist aber, dass er nicht allein ist: Er trägt eine junge Frau in den Armen. Und diese junge Frau habe ich schon mal gesehen. Es ist Constance!

Was zur Hölle wird hier eigentlich gespielt?

»Halt!«, ruft d'Artagnan jetzt noch einmal laut. »Wir müssen auf alle Fälle noch mit!«

»Wer ist *wir*?«, will Hilda wissen.

»Madame Bonacieux und ich. Macht uns mal Platz.«

»Sind Sie verrückt geworden?«, schreit ihn Hilda an. »Sie steigen jetzt sofort ein, aber die Trulla bleibt hier.«

»Nein. Entweder gemeinsam oder gar nicht.« D'Artagnans Stimme bebt vor wilder Entschlossenheit.

»Dann gar nicht«, entgegnet ihm Hilda kühl. »Machen Sie Platz, damit wir weiterkönnen.«

»Hilda«, mischt sich nun Frau Urdmann ein, »wer unter dem Mond wandert, den heiße willkommen! Er vollende den Weg mit uns und kehre heim. Die Rückkehr verweigere ihm nicht, ein großes Unheil kündet sonst sein Kommen.«

Ich kann es zwar nicht sehen, aber ich wette, dass Hilda in diesem Moment mit den Augen rollt. Das macht sie nämlich sehr gern, wenn ihr jemand widerspricht.

»Du, Hilda«, melde ich mich jetzt zu Wort, »Frau Urdmann hat das zwar etwas umständlich formuliert, aber ich glaube, sie wollte sagen, dass wir d'Artagnan unbedingt mitnehmen sollen, weil es sonst tierisch Ärger gibt.«
Jetzt dreht sich Hilda zu mir um, und sie rollt tatsächlich mit den Augen.
»Das weiß ich selbst, du Superagent! Schließlich kenne ich Urd schon seit ungefähr dreitausend Jahren. Dann rutscht halt. Aber die Frau bleibt hier!«
D'Artagnan schüttelt den Kopf.
»Non. Auf gar keinen Fall!«
»Mann! Rein in die Rikscha! Ohne Madame!«, brüllt Hilda, doch d'Artagnan bewegt sich nicht vom Fleck.
In diesem Moment wird es laut und chaotisch. Es klingt so, als würde eine ganze Armee aus der Richtung des Kardinalspalastes auf uns zurennen. Was das bedeutet, ist völlig klar: Die Soldaten sind alle wieder bei Bewusstsein und suchen uns. Aus der Richtung des Louvre hört man Pferdehufe trappeln, eine Sekunde später sind auch schon Ross und Reiter zu sehen, und sie reiten direkt auf uns zu. Ach du grüne Neune – es ist der junge d'Artagnan! Schätze mal, hier wird es gleich in doppelter Hinsicht sehr ungemütlich für uns werden.
So dicht ich nur kann, presse ich mich an Siegfried.
»Los, steigen Sie ein! Schnell, sonst kriegen wir gleich richtig Ärger!«, rufe ich d'Artagnan zu. Der zögert nicht, sondern schmeißt sich mitsamt der jungen Frau auf meine Seite der Rikscha, sodass diese bedenklich wankt.

»Aua!«, lallt Siegfried, der immer noch benommen ist. Ich greife Constance unter die Arme und lege sie mir, Siegfried und Frau Urdmann der Länge nach über den Schoß. Sie scheint bewusstlos zu sein, jedenfalls hat sie die Augen geschlossen und gibt keinen Mucks von sich.

»Nun fahr endlich los!«, brülle ich Hilda an, die tatsächlich wieder anfängt, in die Pedale zu treten. Unsere Verfolger kommen immer näher.

»Constance! Halt! Räuber! Mörder!«, schreit der junge d'Artagnan und gibt seinem Pferd die Sporen, sodass es regelrecht auf uns zuschießt.

»Schneller, Hilda!«

Aus der anderen Richtung kann man nun auch die Soldaten der Kardinalsgarde sehen. Und schlimmer noch – die haben uns jetzt auch gesehen.

»Da vorn, ergreift sie!«, ruft ihr Anführer, woraufhin seine Männer noch mal einen Zahn zulegen.

»Hilda, gib Gas! Ob mit Walkürenkräften oder ohne – aber gib endlich Gas!«

Tatsächlich strampelt Hilda nun, was das Zeug hält, und die Rikscha nimmt mächtig Fahrt auf. Ob wir es noch schaffen?

Das Pferd hat uns schon fast erreicht, und auch die Soldaten sind auf Armlänge an uns herangekommen, als plötzlich die Nebelwand vor uns auftaucht. Endlich! Die Rikscha schießt in vollem Tempo hinein, und mit einem Mal sind all das Gebrülle und Hufgetrappel wie ausgeknipst. Völlige Stille umgibt uns.

Na gut, beinahe völlige Stille. Was natürlich noch zu hören ist, ist der unheimliche Singsang von Frau Urdmann. Und das Geröchel von Siegfried. Wenn man bedenkt, wie fit die Soldaten des Kardinals nach der LOGE-9000-Attacke schon wieder waren, stellt der sich aber ganz schön an! Sind wohl doch nicht so hart im Nehmen, die germanischen Helden.

20. Kapitel

Liebe macht blind. Oder dumm. Oder beides!

»Sag mal, ticken Sie noch richtig, die mitzuschleppen?«
Wir stehen mit unserer Rikscha tatsächlich wieder vor den Fahrradständern am Schlossgarten, aber anstatt sich darüber zu freuen, spuckt Hilda Gift und Galle. D'Artagnan allerdings lässt das Donnerwetter ziemlich ungerührt über sich ergehen. Jetzt gähnt er sogar! Na, der Mann hat wirklich Nerven!
Auch Siegfried gähnt, unsere kleine Fahrradtour hat ihn offenbar wieder aufgeweckt. Er schaut sich um.
»Sind wir etwa schon wieder zurück?«
»Genau, du Blitzmerker!«, ätzt Hilda. Siegfried ignoriert ihren spitzen Ton und klatscht stattdessen erfreut in die Hände.
»Wunderbar! Dann würde ich sagen: Ab in den Flieger und den Becher nach Bayreuth gebracht. Wotan Airways boardet in wenigen Minuten!«
Stimmt. Siegfried weiß das mit dem Becher ja noch gar nicht.
»Ähm, der Becher war gar nicht aus Nibelungengold«,

kläre ich ihn auf. »Wir haben ihn also wieder zurückgebracht. Sonst kann er hier in der Gegenwart ja nicht im Louvre stehen. Wer weiß, was für Folgen das hätte.«
»Hä?« Siegfried ist verwirrt. »Wie? Was für Folgen? Ihr hattet den Becher und habt ihn dagelassen?«
»Siegfried, hör mal genau zu«, holt Hilda aus und klingt dabei wie eine sehr geduldige Kindergärtnerin. »Er. War. Nicht. Aus. Nibelungengold. Verstanden?«
»Aha. Und warum nicht?«
»Woher bei Wotan soll ich das wissen?«
»Aber ihr wart euch doch ganz sicher! Und jetzt ist der ganze Ritt durch Paris umsonst gewesen? Das kann doch wohl nicht wahr sein!« Siegfried rauft sich die Haare – nein, eigentlich streicht er sie sich eher aus der Stirn, was immer noch total eingebildet und albern aussieht. Frau Urdmann räuspert sich.
»Ganz sicher war ich mir nicht. Das muss ich von mir weisen. Ich habe von Anfang an gesagt, dass vieles dafürspricht, ich aber nichts Genaues sagen kann, ohne den Becher in Händen zu halten.«
»Oh Mann, da gurke ich also für nichts und wieder nichts durch die Zeitgeschichte!« Siegfried macht eine theatralische Handbewegung. Der ist aber auch eine Diva! Frau Urdmann guckt säuerlich, Hilda rollt schon wieder mit den Augen, sagt aber nichts mehr zu dem Thema. Stattdessen knöpft sie sich noch einmal d'Artagnan vor.
»Noch mal zu meiner Ausgangsfrage: Wie kommen Sie auf die völlig bekloppte Idee, diese Frau mit in die Gegenwart

zu schleppen? Was soll der Scheiß? Und wieso haben Sie uns ein Schlafmittel gegeben und sich dann vom Acker gemacht? Ich verlange eine Erklärung!«

Vorsichtig lehnt d'Artagnan die noch schlafende Constance gegen die Rückenlehne der Rikscha-Sitzbank, dann dreht er sich zu Hilda.

»D'accord. Einverstanden. Ich bekenne.«

»Sie bekennen? Was denn?«

»Ich gebe zu, dass ich euch belogen habe. Es gab kein Nibelungengold. Es gab keine Zwerge. Es gab keinen Angriff. Alles nur un grand théatre. Ein großes Theater, eine Inszenierung.«

»Wie bitte?«, hake ich nach. »Was denn für eine Inszenierung?«

»Na, die Zwerge im Louvre. Der Überfall. All das hat es nie gegeben. Ich habe mir das alles nur ausgedacht, um euch nach Paris zu locken und mit euch in die Vergangenheit zu reisen.«

Mir fällt die Kinnlade runter, und auch Hilda bleibt der Mund offen stehen. Alles nur ausgedacht?

»Aber … aber … wir haben doch die Zwerge gesehen! Sie haben uns doch die Bilder gezeigt.«

»Photoshop. War ganz einfach. Drei Klicks, und fertig waren die Aufnahmen von einer Zwergeninvasion im Louvre. Habe mich selbst gewundert, wie schnell ich das fertig hatte. Und weder ihr noch Wotan habt ja genau hingeguckt. Mein Wort hat euch gereicht.«

Er grinst, und ich würde ihm am liebsten eine reinhauen.

Aber da für diese Art Gefühlsaufwallung eindeutig Siegfried zuständig ist, balle ich einfach nur meine Fäuste und atme tief durch.
»Aber der Louvre, er war doch tatsächlich gesperrt«, ruft Hilda fassungslos. »Wir standen selbst vor der Polizeiabsperrung!«
»Tja, auch das war erstaunlich einfach. Mein guter Freund Athos, den ich um Hilfe gebeten hatte, war im Louvre und ist dort direkt mit dem Becher in den Ausstellungsraum. Es ist erstaunlich, was man dort alles mit einem blauen Jackett und einem gefälschten Hausausweis erreichen kann. Zum Beispiel der zuständigen Aufsicht weismachen, dass sie sich im Personalbüro am anderen Ende des Louvre melden soll und man ihre Schicht übernimmt. Kaum war die Dame weg, hat Athos den Saal für Besucher gesperrt und die Sicherheitskameras lahmgelegt. Dann hat er bei der Polizei angerufen und erklärt, dass er Geiseln genommen und sich verschanzt hat. Die haben dann ja dankenswerterweise das gesamte Gebäude evakuiert und gesperrt, sodass Athos, kaum dass er den Becher aus der Vitrine genommen hatte, den Louvre ganz entspannt durch einen unserer Geheimgänge verlassen konnte. C'est tout. Das war's. Deswegen kam der gute Athos auch ein bisschen zu spät zu dem hervorragenden Bœuf bourguignon.«
»Deswegen haben Hugin und Mugin auch keine Zwergenspur gefunden, und die Polizei ja sowieso nicht«, ergänze ich. »Aber warum? Warum das ganze Theater? Ich verstehe nicht, was das sollte!«

»Ich wollte, dass ihr mit mir in die Vergangenheit reist. Ich hatte über das Agenten-Netzwerk von eurem Erfolg in London und eurer Reise zu Robin Hood gehört. Athos hatte mir von eurem Coup erzählt. Da kam mir die Idee, so zu tun, als hätten die Zwerge diesen Becher gestohlen. Den Becher, der vom Hofe Ludwigs XIII. stammt. Damit es für euch einen Grund gab, dorthin zu reisen. Und ich die Chance hatte, euch zu begleiten.«
Frau Urdmann schlägt die Hände über dem Kopf zusammen.
»Schon immer ahnte und sagte ich es: Diese Reiserei ist des Bösen! Ich hätte mich weigern sollen. Wir wurden getäuscht, doch wir waren auch leichte Beute!«
Hilda verschränkt die Arme vor ihrer Brust und starrt d'Artagnan böse an.
»Okay. Sie wollten in die Vergangenheit. Und haben sich dafür den ganzen Alberich-Nibelungengold-Zwergenzauber ausgedacht. Aber ich verstehe immer noch nicht, warum. Warum dieser ganze Schwachsinn?«
D'Artagnan holt tief Luft.
»L'Amour. Die Liebe.«
Die letzten Worte kommen nur noch als heiseres Flüstern. Einen gewissen Hang zur Dramatik kann man den Franzosen nicht absprechen. Ich weiß, es ist nicht komisch, aber ich muss trotzdem grinsen.
»Die Liebe??? Das ist der einzige Grund? Deswegen wollten Sie unbedingt in die Vergangenheit? Wegen der Liebe?«

Er nickt.
»Oui. Ich musste meine große Liebe retten. Das war ich ihr schuldig.«
So langsam checke ich, was er meint. Oder besser: wen. Ist ja auch offensichtlich. Deswegen hat er diese Frau also mitgeschleppt.
»Es geht um Constance, richtig? Sie lieben sie, oder?«
Er nickt.
»Oui. Constance Bonacieux. Als ich sie das erste Mal sah, habe ich mich rettungslos in sie verliebt. Nur ihr gehört mein Herz, und das seit mehr als vierhundert Jahren.«
Frau Urdmann seufzt. Ob es daran liegt, dass sie das romantisch findet oder dass sie d'Artagnan für einen ausgemachten Idioten hält, lässt sich schwer sagen.
Hilda allerdings will es genauer wissen.
»Moment mal – Sie haben das alles veranstaltet, um diese Frau in die Gegenwart zu holen? Habe ich das jetzt richtig verstanden?«
»Korrekt. Vor langer Zeit habe ich einen entsetzlichen Fehler gemacht. Ich habe nicht richtig auf Constance aufgepasst. Sie hat geholfen, die Ehre der Königin zu retten, dabei war sie selbst in größter Gefahr. An dem Abend des Maskenballs – genau der Abend, den wir eben noch erlebt haben – habe ich sie das letzte Mal gesehen. Schon am nächsten Tag wurde sie von den Schergen des Kardinals und der schändlichen Lady de Winter entführt. Und ich habe es nicht verhindert. Sie wurde ermordet, und es ist alles meine Schuld.«

Er guckt auf den Boden und schweigt. Oha. Krasse Geschichte. Und jetzt, wo er den Namen »Lady de Winter« erwähnt hat, erinnere ich mich auch wieder. Die kam im Film nämlich auch vor. Aber gab es da nicht ein Happy End? Also, im Film? Im wahren Leben ja anscheinend nicht.

»Und da sind Sie auf die Idee gekommen, Constance in die Gegenwart zu retten?«, frage ich nach.

D'Artagnan nickt, sagt aber nichts.

»Und wie wollen Sie ihr erklären, wo sie gelandet ist, wenn sie wieder wach ist? Überhaupt – warum schläft sie denn noch? Haben Sie ihr etwa auch Gift gegeben?«

»Also, *Gift* ist nun stark übertrieben. Ich habe ihr ein Taschentuch mit Äther vor die Nase gehalten. Für lange Erklärungen war schließlich keine Zeit. Ich bin mir sicher, dass sich Constance hier in der Gegenwart sehr schnell zurechtfinden wird. Ich helfe ihr natürlich dabei.«

»Das ist doch total hirnrissig! Eine völlig bekloppte Idee«, schimpft Hilda. »Man kann seine Fehler der Vergangenheit nicht so einfach ungeschehen machen. Das ist unmöglich. Sie bringen alles durcheinander damit! Und außerdem sind Sie für Constance jetzt ein alter Knacker. Sie könnten ihr Vater sein. Oder sogar ihr Opa.«

»Das ist mir egal«, erwidert d'Artagnan trotzig. »Der Lauf der Welt interessiert mich nicht, wenn es nur Constance gut geht. Auch wenn ich jetzt zu alt für sie bin. Ich hatte 450 Jahre Zeit, darüber nachzudenken. Das war es mir wert.«

Frau Urdmann schüttelt den Kopf.
»Ich hätte mich nicht darauf einlassen sollen! Und das alles nur wegen lächerlicher 450 Jahre!«, mosert sie.
»Der Zug ist ja nun abgefahren«, stellt Siegfried lapidar fest, »und ich würde sagen, wir machen jetzt auch mal die Biege. Wenn es gar kein Nibelungengold gibt, können wir wieder nach Hause fahren.«
»Da hast du ausnahmsweise mal völlig recht, Siegfried«, seufzt Hilda. »Lass uns nach Bayreuth zurückfliegen und Wotan von dem ganzen Schlamassel berichten.«
»Hey, und was ist mit mir?«, protestiere ich. »Ich muss nach San Francisco!«
»Stimmt.« Hilda nickt. »Da müssen wir als Erstes hin. Wir müssen ja auch noch Verdandi einsammeln. Oh Mann, das wird ein ganz schöner Ritt. Und völlig umsonst. Vielen Dank auch, d'Artagnan!«
Der räuspert sich.
»Ja, ich gebe es zu. Ich habe euch wirklich viel Arbeit gemacht. Das tut mir auch sehr leid. Es ist schon sehr spät. Ich würde vorschlagen, wir gehen in die Ambassade. Ich koche uns etwas Leckeres zum Abendessen, und dann schlaft ihr euch erst mal aus. Ich habe zwei Gästezimmer, dort ist Platz genug. Wenn ihr morgen wieder fit seid, fliegt ihr zurück. D'accord?«
Lecker essen klingt super! Schon allein bei dem Gedanken daran merke ich, dass ich am Verhungern bin. Bevor also die anderen noch ablehnen können, sage ich zu.
»Danke für die Einladung! Super Idee! Was gibt es denn?

Ach – eigentlich auch egal. Ich bin mir sicher, bei Ihnen schmeckt alles.«
Ich klinge offenbar so begeistert, dass Hilda, Siegfried und Frau Urdmann Widerstand für zwecklos halten.
»Na gut, vielleicht ist die Idee wirklich nicht verkehrt«, räumt Hilda ein. »Lasst uns die Rikscha zurückstellen und zur Ambassade gehen.« Dann, mit einem Blick auf die immer noch bewusstlose Constance: »Vielleicht nehmen wir die Rikscha auch einfach mit. Dann müssen wir SIE nicht tragen. Nachher kriegt unser Agentenrentner noch einen Bandscheibenvorfall, wenn er sie die ganze Zeit schleppen muss.«
Ich muss kichern, d'Artagnan guckt böse, sagt aber nichts, sondern läuft vor. *Agentenrentner*. Hilda kann aber auch wirklich gemein sein!

21. Kapitel

Flirten für Anfänger. Oder: Die Zwerge sind los!

Es gibt Steak frites! Ich kann mein Glück kaum fassen, es gibt mein absolutes Lieblingsgericht – einen riesigen Berg Pommes und ein herrliches Rib-Eye-Steak, dazu ganz viel Sauce béarnaise! Perfekt! Ich war bisher der festen Überzeugung, wir Amerikaner hätten diese Kombi erfunden – bis auf die Sache mit der Soße vielleicht. Aber nun stellt sich gerade heraus, dass es sich dabei um das französische Nationalgericht handelt. OBERLECKER!

Eben haben Athos, Porthos und Aramis jedem von uns einen dampfenden Teller vor die Nase gestellt. Auch Constance ist endlich aufgewacht und schaut sich mit großen Augen um. Wahrscheinlich denkt sie, dass sie noch träumt. Sie hat bisher kein Wort gesagt, dafür redet d'Artagnan ununterbrochen. Totale Dauerbeschallung. Wenn sie nur die Hälfte von dem versteht, steht sie bestimmt kurz vorm Herzinfarkt. Jetzt macht er Gott sei Dank mal eine kleine Pause und verschwindet wieder in der Küche.

Ich bin froh, dass nicht ich derjenige bin, der Constance erklären muss, wie sie hierhergekommen ist und was sich

auf der Erde in den letzten 450 Jahren so abgespielt hat. Da freue ich mich doch lieber, dass die Pommes so megaknusprig sind und das Steak sehr saftig.
Gar keine Berührungsängste mit Madame Bonacieux hat hingegen ihr anderer Sitznachbar, Siegfried. Man könnte sogar sagen: Er ist ziemlich aufdringlich. Kein Wunder, Siegfried baggert alles an, was nicht bei Drei auf den Bäumen ist. Seine Anmachsprüche sind wirklich platt, ich kann nur hoffen, dass der LOGE 3000 das irgendwie eleganter übersetzt.
»Hat dir schon mal jemand gesagt, was für hübsche blaue Augen du hast? Nein? Ist aber so. Und glaube mir, ich kenne mich aus mit hübschen blauen Augen.« Er lacht gönnerhaft.
Uah. Ist das schlecht! Constance guckt betreten zu Boden. Offenbar klingt das Ganze übersetzt genauso schleimig wie in der Originalfassung.
»Sag mal, Siegfried«, ruft Hilda quer über den Tisch, »was mich echt interessieren würde: Hattest du damit schon mal Erfolg bei Frauen?«
»Pah! Als ob es mir darum ginge!«, schnaubt der eingeschnappt. »Ich suche doch nicht den Erfolg bei Frauen. Es geht mir um das tiefe zwischenmenschliche Gespräch ...«
Ein röchelndes Geräusch unterbricht seine Ausführungen. Es ist Frau Urdmann, die gerade fast an einem Pommes frite erstickt. Den hat sie offenbar vor Lachen in den falschen Hals bekommen. Aramis springt auf und klopft ihr

auf den Rücken, sie spuckt den Pommes in hohem Bogen aus, schnappt erst hektisch nach Luft und lacht dann ein meckerndes Lachen. Nun ist Siegfried erst recht beleidigt. Kein Wunder – wenn die Oma am Tisch einen schon auslacht, weil man das mit dem Flirten nicht hinkriegt, ist das ja auch megapeinlich! Andererseits: Selbst schuld! Sein besonderer Charme kommt eben nicht überall gut an.

D'Artagnan kehrt mit einer weiteren Schüssel aus der Küche zurück und stellt sie auf den Tisch. Grüne Bohnen als kleine Päckchen mit Speck umwickelt. Mir läuft das Wasser im Mund zusammen! Dann setzt er sich wieder auf seinen Platz, nur um kurz darauf von seinem Stuhl aufzuspringen.

»Hey, Siegfried, was machst du da?«, ruft er erbost. »Ich sehe wohl nicht richtig. Lass sofort Constances Hand los, sonst setzt es gleich Schläge!«

Siegfried gibt tatsächlich die Hand frei und steht ebenfalls von seinem Stuhl auf.

»Warum?«, antwortet Siegfried.

»Ich möchte das nicht. Constance ist noch so jung und unschuldig, ich muss sie beschützen. Sie weiß doch noch gar nichts von der Welt.«

»Das ist ja lachhaft. Zweifelst du etwa an meinen Absichten als Ehrenmann? Ich wollte ihr nur gerade erklären, welche Bedeutung die Lebenslinie in ihrer Handinnenfläche hat. Ich kenne mich nämlich mit so was aus.«

Siegfried, der Wahrsager. Eine dümmere Ausrede ist ihm

so schnell nicht eingefallen. D'Artagnan macht einen Schritt auf ihn zu. Oh nein, jetzt bloß kein Streit. Und schon gar kein Duell! Das Gleiche scheint sich auch Athos zu denken, er klopft mit der Gabel an sein Glas.
»So, liebe Freunde, nun wollen wir nicht streiten! Stattdessen lasst uns die Gläser heben. Ich trinke mit euch auf die Schönheit. Auf die Schönheit von Constance Bonacieux!«
Er prostet in die Runde, die anderen Musketiere und Siegfried machen es ihm nach, während Hilda mal wieder mit den Augen rollt.
»Wo sind wir hier bloß gelandet?«, flüstert sie mir zu. »Was für blöde Machos! Grauenhaft! Warum müssen Männer immer so sein?«
»Was heißt denn hier *immer*?«, flüstere ich zurück. »Mein Dad ist überhaupt nicht so. Und ich werde garantiert auch nie so werden.«
Ehe wir noch weiter diskutieren können, beginnt urplötzlich das Licht im Gastraum der Ambassade zu flackern und geht schließlich ganz aus. Es ist stockdunkel, selbst die Kerzen auf dem Tisch sind erloschen. Nanu, was ist denn jetzt passiert?
Und dann bricht er auf einmal los – der Sturm! Und zwar nicht im Sinne von »heftiger Wind«, sondern im Sinne von »Ansturm«. Zwerge stürmen die Ambassade! Genau, richtig gehört! Die Eingangstür fliegt auf, und ein Heer von dreißig Zwergen stürzt sich mit großem Geschrei auf uns. Ungefähr einen Kopf kleiner als ich, mit kräftigen,

behaarten Armen und ziemlich großen Händen, schwarz gekleidet und mit Kapuzen über dem Kopf, sodass man ihre Gesichter nicht sehen kann.
Sie sind plötzlich überall, ziehen und zerren an uns – nein, vor allem ziehen und zerren sie an Constance! Tatsächlich! Während sie Hilda und mich eigentlich nur zur Seite schubsen, umringen drei oder vier von ihnen auf einmal die arme Constance, die völlig erstarrt ist, und versuchen offenbar, sie aus dem Gebäude zu zerren.
»Constance!«, brüllt d'Artagnan. »Ich rette dich!« Er schlägt wie wild um sich, erwischt mit seinem rechten Haken zwei Zwerge und schleudert sie über den Tisch, wo diese mitsamt der Bohnenschüssel über die gesamte Platte schlittern und schließlich mit einem lauten KAWUMMS wieder auf dem Boden landen. Dieser Knall reißt Constance aus ihrer Schockstarre: Sie holt Luft, und dann schreit sie so laut und schrill, dass es mir in den Ohren wehtut. Aua!
Als sie ihren Sirenenheulton wieder eingestellt hat, packt sie allerdings erstaunlich fest zu: Drei von den vier Zwergen, die sie umringen, verpasst Constance ziemlich schmerzhafte Kopfnüsse. Der vierte lernt den Zwergenweitwurf kennen und findet sich auf der anderen Ecke des Raumes wieder. Holla, die Waldfee! Wer hätte gedacht, dass dieses zarte Wesen so austeilen kann!
Die Zwerge offenbar nicht. Ein Großteil von ihnen rottet sich jetzt zusammen und scheint zu überlegen, wie sie die Sache hier doch noch eingetütet bekommen. Mit so

viel Gegenwehr hatten sie wohl nicht gerechnet. Diesen kurzen Moment der Verunsicherung müssen wir unbedingt nutzen! Ich reiße also die Tür zur Straße wieder auf und brülle:
»Schnell, alle raus hier!«
Siegfried, für seine Verhältnisse ungewöhnlich geistesgegenwärtig, schnappt sich Frau Urdmann und laviert sich mit ihr durch die Zwergenmenge. Hilda boxt sich den Weg frei, und d'Artagnan rennt los, nachdem er zwei besonders aufdringlichen Vertretern eins mit der großen Bratpfanne übergezogen hat. Sozusagen Steak frites nach Art des Hauses, vom Chef selbst serviert.
»Folgt mir!«, ruft er, als wir auf der Straße stehen, und sprintet los. Aus den Augenwinkeln kann ich sehen, dass Aramis, Porthos und Athos weiter mit den Zwergen kämpfen und uns so einen kleinen Vorsprung verschaffen. Gott sei Dank – denn ich merke, dass ich mit einem Riesensteak und gefühlten zwei Kilo Pommes im Bauch nicht gerade schneller geworden bin. Außerdem bekomme ich Seitenstiche. Mit anderen Worten: Ich bin alles andere als in Topform und bin froh, als wir unseren Dauerlauf beenden. Hinter dem schmiedeeisernen Tor eines Parks bleibt d'Artagnan kurz stehen und schnauft durch, geht dann aber weiter und winkt uns hinter sich her.
Niemand sagt ein Wort. Wir folgen dem kleinen Parkweg, vorbei an einzelnen Baumgruppen und Blumenbeeten, in der Ferne sieht man ein Schloss. Schließlich biegen wir in einen Laubengang ab, an dessen Ende ein riesiger Spring-

brunnen steht. Der Brunnen sieht wie ein Tempel aus, mit vier großen Säulen und mehreren Statuen, davor ein Becken, in das das Schwimmbad meiner Schule locker reinpassen würde. Am Beckenrand stehen Stühle, auf die wir uns erschöpft sinken lassen.

»Mon dieu, das war knapp!«, stellt d'Artagnan fest. »Und überhaupt, was war das?«

»Selten eine so dämliche Frage gehört!«, poltert Hilda los. »Das waren Zwerge. Echte fiese, blöde Zwerge! Und die wussten genau, was sie suchen!«

Ich nicke.

»Ja, das sehe ich auch so. Die wollten definitiv nicht nur einen Blick auf die Speisekarte werfen. Die Frage ist nur: Was haben die gesucht? Schätze mal, wir sollten diese Frage schnell beantworten, ich glaube nicht, dass die Musketiere so viele Zwerge lange in Schach halten können. Die haben wir bestimmt bald wieder an den Hacken.«

»Na, hier im Jardin du Luxembourg kenne ich mich aus wie in meiner Westentasche. Hier können wir uns relativ gut verstecken«, beruhigt mich d'Artagnan. »Früher, als Musketier, war ich jeden Tag hier, es gibt hier Orte, an denen uns niemand finden wird. Hinter dem Wasserfall des Brunnens zum Beispiel«, er zeigt auf den Tempelbau, »gibt es einen Raum, den niemand kennt und der groß genug für uns alle ist.«

»Ist ja 'n Traum!«, ätzt Hilda. »Zusammen mit meinem trotteligen Neffen und einem französischen Rentner auf zwei Quadratmetern zusammengepfercht. Schöner kann es ja kaum werden. Trotzdem noch mal die Frage: Was wollen die Zwerge von uns? Ich denke, es gab überhaupt keine Zwerge in Paris, und Sie haben sich das alles nur ausgedacht?«

D'Artagnan zuckt mit den Schultern.

»Ich habe keine Ahnung, was hier los ist. Wirklich nicht!«

»Hm, und den Becher haben wir ja nicht mitgenommen«, überlege ich laut. »Also, falls Frau Urdmann sich getäuscht haben sollte und der doch aus Nibelungengold war. Zufälligerweise. Weil – eigentlich interessieren sich die Zwerge doch nur für Nibelungengold.«

Hilda rollt mit den Augen.

»Henry, wovon träumst du nachts? Wer von uns sollte denn hier Gold dabeihaben? Zufälligerweise?«

Constance räuspert sich.

»Moi! Ich. Ich habe Gold dabei, Mademoiselle.«

22. Kapitel

Aus 12 mach 14!

Constance greift in ihren Rock und zieht eine kleine geschnürte Stoffrolle hervor. Wortlos bindet sie sie auf – es ist ein Schmucketui, in dem vierzehn goldene, mit Diamanten verzierte Nadeln stecken!
Hilda und Siegfried schauen ratlos, d'Artagnan schnappt nach Luft. Das kann nichts Gutes bedeuten!
»Die Diamantnadeln der Königin! Oh nein!«, ruft er laut.
Constance nickt.
»Ja, ich wollte sie gerade in die Schmucktruhe Ihrer Majestät bringen. Ich habe ihr nach dem Maskenball beim Umkleiden geholfen. Sie hat sich nicht wohlgefühlt und ist nicht lange auf dem Ball geblieben. Ich habe Ihre Majestät also in ihr Schlafgemach begleitet und bin mit dem Schmuck losgegangen, als mir auf einmal schwarz vor Augen wurde. Das Nächste, was ich weiß, ist, dass ich in diesem seltsamen Gasthaus wieder aufgewacht bin. Ich habe gar nicht mehr daran gedacht, dass ich die Nadeln noch bei mir trage.«
D'Artagnan schlägt die Hände vors Gesicht.
»Oh nein, was habe ich da bloß angerichtet!«

Hilda seufzt.
»Tja, nichts Gutes, das dürfte wohl feststehen.«
Frau Urdmann legt den Kopf schief.
»Gib mir die Nadeln, mein Kind. Ich werde mir das mal ansehen.«
Constance reicht ihr das Schmucketui. Frau Urdmann startet einen meditativen Singsang, hält dann kurz inne und schüttelt den Kopf.
»Nein, so geht es nicht. Ich empfange sehr unterschiedliche Signale. Reiche mir die Nadeln einzeln.«
Constance tut, wie ihr geheißen. Die ersten zwölf Nadeln lösen bei Urd nur ein Kopfschütteln aus, dann aber, bei Nadel Nummer 13, wird Urds Murmeln immer lauter, und sie nickt energisch, um dann bei Nadel Nummer 14 laut zu rufen:
»Eindeutig Nibelungengold!«
Okay, jetzt bin ich verwirrt – wie ist das möglich?
»Stammen die Nadeln denn nicht von ein und demselben Goldschmied?«, will ich wissen.
»Nein, das tun sie nicht.«
D'Artagnans Stimme zittert. Und dann weiht er uns in die Geschichte der Diamantnadeln ein.
»König Ludwig XIII. hat Königin Anna zwölf Nadeln geschenkt. Als Zeichen seiner Liebe. Und ein Zeichen der Liebe sollten sie auch bleiben. Aber leider nicht so, wie Ludwig sich das dachte. Denn Anna verliebte sich in den Herzog von Buckingham, der als Gesandter des englischen Königs in Paris war. Als Andenken schenkte Anna ihm die

Diamantnadeln. Davon wieder erfuhr Kardinal Richelieu, der die Königin hasste ...«
»Genau!«, ergänzt Constance. »Er war eifersüchtig auf die Königin. Er wollte die volle Aufmerksamkeit des Königs. Nur so konnte er seine ehrgeizigen Karrierepläne durchsetzen und zum wichtigsten Mann in Frankreich werden. Nun sah er die Möglichkeit, der Königin sehr zu schaden und den König endgültig für sich zu gewinnen.«
»Okay, ich übersetz das mal gerade in meine Sprache«, mische ich mich ein. »Königin Anna hatte was mit diesem Herzog. Und deswegen hat sie ihm diese Nadeln mitgegeben, quasi als Erinnerung. Richi, der olle Kardinal, ist sowieso genervt von ihr, weil er nicht an den König rankommt, solange sie seine Nummer eins ist. Jetzt kriegt er die ganze Geschichte mit und sieht DIE Gelegenheit, die Königin in die Pfanne zu hauen. Richtig?«
Constance guckt mich an wie ein Auto. Kein Wunder. Sie hat vermutlich kein Wort von dem verstanden, was ich gerade gesagt habe. Ganz anders Hilda – ihre Augen leuchten, und sie sieht aus, wie ein Jagdhund, der Witterung aufgenommen hat.
»Richtig, Henry! Und ich weiß auch, wie es weitergeht: Richelieu berichtet dem König von dem Verrat. Der König will es nicht glauben, deswegen überredet Richelieu ihn zu dem Maskenball, von dem Constance gerade erzählt hat. Auf dem Anna die Diamantnadeln tragen soll. Als Zeichen ihrer Liebe!«
»Genau!«, rufe ich. »Die doofen Nadeln sind natürlich

längst in London. Mit ihrem geliebten Buckingham. Schöne Scheiße! Die Königin ist also geliefert, wenn sie ohne den Schmuck auf dem Ball aufkreuzt.«

D'Artagnan nickt.

»Genau, junger Freund. Und deshalb bittet uns die Königin durch ihre Botin Constance, nach London zu reiten und die Nadeln zurückzuholen.«

»Aber in London ist man ja nicht mal eben so. Vor 450 Jahren ist das eine echte Weltreise. Vor allem, wenn man mächtige Gegner hat, die um jeden Preis verhindern wollen, dass man dort ankommt«, stelle ich fest.

»Richtig. Und so ist es dann auch«, erklärt d'Artagnan. »Richelieu ahnt, dass die Königin versuchen wird, wieder an ihren Schmuck zu kommen. Er beauftragt seine Spionin, Lady de Winter, in London zwei Nadeln von Herzog Buckingham zu stehlen, damit ich, falls ich es noch rechtzeitig nach London und zurück schaffe, auf keinen Fall mit den vollständigen Nadeln wieder in Paris auftauche. Als ich also bei Buckingham ankomme, ihm von dem Komplott gegen Anna berichte und er daraufhin sofort die Nadeln hervorholt, müssen wir zu unserem Entsetzen feststellen, dass zwei Nadeln fehlen.«

»Verstehe!«, ruft Hilda. »Es fehlen zwei Nadeln, also lässt Buckingham im Rekordtempo neue anfertigen, die genauso aussehen wie die geklauten.«

D'Artagnan nickt.

»Ja. Über Nacht gelingt es dem Goldschmied des Herzogs, zwei identische Nadeln zu schmieden. Diese bringe ich unter Einsatz meines Lebens noch rechtzeitig nach Paris, die Königin erscheint also mit zwölf Nadeln auf dem Ball. Das ist für Richelieu natürlich höchst peinlich, denn er hatte dem König ja schon die beiden Nadeln gegeben, die Lady de Winter aus England mitgebracht hat. Um das irgendwie zu überspielen, behauptet Richelieu einfach, das sei alles nur ein Spaß gewesen, um der Königin zwei neue Nadeln zu schenken. Der König, der nun etwas dumm aus der Wäsche guckt, überreicht der Königin also die beiden angeblich neuen Nadeln als Geschenk.«

»Ja, und meine geliebte Königin hat gute Miene zum bösen Spiel gemacht«, erzählt Constance, »sich überschwänglich bedankt, noch eine Gaillarde getanzt und sich dann mit Kopfschmerzen sehr schnell vom Maskenball verabschiedet. In Wirklichkeit hat sie den Anblick Richelieus nicht mehr ertragen. Sie hat mir dann alle vierzehn Nadeln gegeben, damit ich sie in die Schmuckkammer zurückbringe. Wo ich nie ankam.«

»Und deswegen stecken in dieser Schmuckrolle nun vierzehn und nicht zwölf Nadeln«, ergänzt d'Artagnan.

»Jetzt ist mir alles klar!«, ruft Hilda. »London, Gold, Nibelungen – das ist es! Die zwei von Buckinghams Goldschmied nachgemachten Nadeln stammen aus dem gleichen Goldschatz, aus dem auch der Krönungslöffel geschmiedet wurde. Irgendwann einmal ist ja bekanntermaßen Nibelungengold nach London gelangt – und jetzt haben wir schon das zweite Stück aus dieser ›Lieferung‹ gefunden!«

»So sieht es wohl aus«, gebe ich ihr recht.
»Mannomann, was für eine komplizierte Geschichte!« Siegfried verzieht das Gesicht. »Allein beim Zuhören raucht mir schon der Kopf! Und was für ein unglaublicher Zufall, dass wir hier nun tatsächlich mit echtem Nibelungengold hocken. Wahnsinn!«
Ich schüttle den Kopf. »Nein. Das kann unmöglich ein Zufall sein – irgendjemand muss gewusst haben, dass diese Nadeln zum Nibelungenschatz gehören.«
»Alberich!«, flüstert Hilda, ganz so, als würde schon die bloße Aussprache des Namens Unglück bringen. »Nur er kommt dafür infrage! Er hat damals schließlich auch herausgefunden, dass der Krönungslöffel im Tower nur eine Kopie und der echte noch in der Vergangenheit war! Er wusste von dem Gold in London, er wird auch gewusst haben, dass Buckingham es für die Kopie der Nadeln verwendet hat.«
Frau Urdmann lacht.
»Dieser kleine, gemeine Zwerg! Er ist nicht zu unterschätzen! War er nie, wird er nie sein.«
Okay, ich verstehe nicht ganz, was sie daran so lustig findet, aber das ist momentan auch unwichtig. Eine andere Frage interessiert mich viel brennender:
»Das ist ja alles schön und gut. Aber wie konnte sich Alberich sicher sein, dass erstens d'Artagnan Constance in die Gegenwart holen würde und zweitens diese die Nadeln dabeihat? Dazu hätte er doch einen Helfer gebraucht, und dafür kommt eigentlich nur einer infrage.«

Ich werfe d'Artagnan einen durchdringenden Blick zu. Der schüttelt empört den Kopf.

»Wie kannst du so etwas von mir glauben? Damit habe ich nichts zu tun!«

»Na ja, immerhin haben Sie uns in die Vergangenheit gelotst«, schnaubt Hilda. »Angeblich, um einen Becher zu holen. Aber vielleicht ging es Ihnen ja auch die ganze Zeit schon um die Nadeln.«

»Nein! Wirklich nicht! Ich kann es mir absolut nicht erklären.« Er macht eine Pause und denkt nach. »Außer natürlich ... aber nein – das ist doch nicht möglich!«

»Was denn?«, hake ich neugierig nach.

D'Artagnan holt tief Luft. Offenbar hat er Angst vor seinen eigenen Gedanken.

»Ich frage mich, ob mein Freund Athos hinter der ganzen Geschichte steckt. Schließlich hat er mich erst auf die Idee mit der Zeitreise gebracht, und wenn ich es recht bedenke, habe ich den ganzen Plan auch gemeinsam mit Athos geschmiedet. Er hat mich darin bestärkt, dass das eine gute Idee sei. Oder war es nicht sogar seine Idee? Als Musketier kannte er immerhin die ganze Diamantnadelgeschichte. Er war ja selbst mit mir in London.«

»Hm.« Hilda legt den Kopf schief. »Wusste er denn, dass es am Ende Constance war, die die Nadeln nach dem Ball zurückgebracht hat?«

D'Artagnan nickt.

»Ja. Nur deswegen konnte ich sie nicht sofort nach dem Ball treffen, und nur deswegen habe sie damals gehen

lassen. Ich habe Athos diese ganze Geschichte in den letzten vierhundert Jahren schon ungefähr drei Millionen Mal erzählt, weil ich mir bis heute Vorwürfe mache, Constance nicht beschützt zu haben.«
»Hah!« Siegfried ballt die Faust. »Dieser Athos ist also ein mieser Verräter! Da tut er so, als würde er gegen die Zwerge kämpfen, und was ist? In Wirklichkeit hat er sich längst auf die Seite dieser bösartigen, nichtsnutzigen, dreckigen ...«
In diesem Moment hören wir ein dröhnendes, tosendes Geräusch. Oh nein! Schätze mal, das sind unsere bösartigen, nichtsnutzigen, dreckigen Verfolger! Und dem immer lauter werdenden Geräusch nach zu urteilen, haben sie uns in ungefähr einer Minute gefunden!

23. Kapitel

Das richtige Versteck und zwei falsche Nadeln

»Die Zwerge! Sie kommen! Schnell, d'Artagnan – wo ist dein Versteck?«, schreie ich und laufe schon zum Brunnen. D'Artagnan folgt mir und klettert dann über das Geländer, das das Brunnenbecken von dem Laubengang trennt. Vorsichtig steigt er über die schwarzen Stufen des Tempels, über die das Wasser läuft.
»Kommt mit«, ruft er. »Aber aufpassen, es ist sehr glatt hier! Nicht dass ihr gleich alle im Wasser liegt!«
Die Stufen führen in eine Ausbuchtung. In dieser Grotte befindet sich eine Art Podest, auf dem zwei Liebende aus Marmor sich eng umschlungen halten. Dahinter ragt ein Felsen empor, auf dem ein Riese thront, der das Paar beobachtet. D'Artagnan zwängt sich an dem Felsen vorbei, fasst an den linken Fuß des Riesen und drückt fest auf dessen Ferse. Mit einem mahlenden Geräusch verschiebt sich daraufhin die hintere Tempelwand und gibt den Blick auf eine kleine Kammer frei.
»Los, los, schneller!«, brüllt er uns zu, und so klettern wir ihm in Windeseile hinterher. Erst über das Geländer, dann

über die Stufen und schließlich an dem Riesen vorbei in die Kammer. Für mich kein Problem, und auch Hilda ist ruck, zuck am Eingang zur Kammer. Für Frau Urdmann ist es allerdings nicht ganz so leicht – kaum steht sie auf den nassen, glitschigen Stufen, rutscht sie auch schon Richtung Becken. Sie schwankt, rutscht weiter und hängt schon fast im Becken, als Siegfried sie mit einem beherzten Sprung vor dem Sturz ins Wasser rettet. Er wuchtet sie auf die erste Stufe, reißt sie zurück und trägt sie schließlich wohlbehalten in die Nische vor dem Eingang zur Kammer.
»Danke, mein Junge!«, murmelt die alte Norne, die verdächtig blass um die Nase geworden ist. Frau Urdmann scheint keine große Lust auf ein Bad im Brunnen gehabt zu haben – vor allem nicht zusammen mit den Zwergen.
Die kann man nun schon schemenhaft durch die Bäume sehen, und ich hoffe sehr, dass es umgekehrt nicht genauso ist und sie bereits wissen, wo sie nach uns suchen müssen. Kaum sind Siegfried und Frau Urdmann in der kleinen Kammer, drückt d'Artagnan noch einmal fest auf einen Mauervorsprung, der sich neben der Öffnung in der Wand befindet. Wieder das mahlende Geräusch – schon schließt sich die Wand wieder.
Es ist stockdunkel in der Kammer und riecht sehr muffig. Eng ist es auch, wir passen alle gerade so eben hinein, ohne uns auf den Füßen zu stehen. Trotzdem bin ich glücklich. Lieber eingezwängt und stickig als von Zwergen umzingelt – hier dürften sie uns nicht so leicht finden.

Draußen hört man sie herumbrüllen und wütend nach uns suchen, hier drinnen ist es ganz ruhig, und ich fühle mich sicher.
Es sei denn ... für einen kurzen Moment bleibt mein Herz stehen!
»D'Artagnan, kennt Athos dieses Versteck?«, flüstere ich.
»Nein, keine Sorge. Der Baumeister des Brunnens, Monsieur Francine, hat mir dieses Geheimnis gezeigt. Er wollte einen Raum schaffen, an dem er sich heimlich mit seiner Angebeteten treffen konnte. Ich habe ihm geschworen, kein Sterbenswörtchen über diese Kammer zu verraten, und daran habe ich mich bis zum heutigen Tage gehalten.«
»Ein Schäferstündchen in diesem muffigen Loch?« Siegfried lacht. »Nicht gerade Romantik pur.«
»Meinst du nicht? Warte, ich zeige dir etwas.«
Es rumpelt, dann wieder ein mahlendes Geräusch. Und plötzlich fällt das Mondlicht direkt in die Kammer und taucht alles in ein sanftes blaues Licht. Jetzt sehe ich, dass die Kammer gar nicht so klein ist, im hinteren Teil gibt es sogar eine Art Bank im Fels.
»So«, höre ich Hilda sagen, die ich jetzt sogar wieder sehen kann, »das ist ja alles sehr hübsch hier so im Mondschein. Bringt uns aber überhaupt nicht weiter bei der Frage, ob Athos möglicherweise ein Verräter ist. Irgendwelche Vorschläge, wie wir hier jetzt weitermachen? Oder wie wir überhaupt weitermachen? Denn eins ist mal

klar – so kommen wir mit dem Gold niemals heil nach Bayreuth. Dafür sind einfach zu viele Zwerge hinter uns her.«

Wo sie recht hat, hat sie recht. Draußen wird es immer lauter, die Zwerge scheinen den Brunnen einzukreisen. Wahrscheinlich haben sie irgendwie Witterung aufgenommen. Ich bin mir nicht sicher, ob die Zwerge wirklich nur bösartig und nichtsnutzig sind oder nicht vielleicht auch verdammt schlau und demzufolge irgendwann merken, dass wir uns nicht in Luft aufgelöst, sondern im Brunnen verschanzt haben.

Ich überlege fieberhaft, wie wir aus dieser Situation wieder rauskommen. Und dann habe ich ihn tatsächlich – den Geistesblitz! Glaube ich jedenfalls.

»D'Artagnan, können Sie Athos irgendwie erreichen?«

Der guckt erstaunt.

»Klar, ich könnte ihn auf dem Handy anrufen. Aber was wollen wir mit dem Verräter?«

»Also, falls er wirklich einer ist, könnte uns das jetzt sehr nützlich sein. Rufen Sie ihn an und bitten Sie ihn, hierherzukommen. Er weiß doch gar nicht, dass wir ihn verdächtigen, er wird schon kommen.«

»Aber warum willst du denn, dass dieser Mistkerl hier aufkreuzt?«, will Hilda wissen. »Ist doch schon schlimm genug, dass wir die Zwerge an der Hacke haben? Wozu dann noch dieser Verräter?«

»Ganz einfach: Wir wickeln zwei der ursprünglichen Diamantnadeln in ein Tuch. Wenn Athos kommt, behaupten wir einfach, dass sie aus Nibelungengold sind und er versuchen muss, die Nadeln in Sicherheit zu bringen, um so den Weltuntergang zu verhindern. Wir lenken solange die Zwerge ab. Wenn er tatsächlich ein Verräter ist, wird er Alberich garantiert sofort darüber informieren und mit dem Gold direkt zu ihm marschieren, und wir sind die Zwerge los. Bis der alte Zwergenkönig merkt, dass er die falschen Nadeln hat, sind wir mit dem echten Gold schon längst über alle Berge.«

D'Artagnan schnalzt mit der Zunge.

»Oh, là, là! Ein genialer Plan! Das könnte funktionieren. Ich muss ihm allerdings die falschen Nadeln geben, ohne dass die Zwerge uns finden. Wie komme ich hier unauffällig raus? Und wie lenken wir die Zwerge ab, wenigstens für fünf Minuten?«

Tja. Wie? Ich zucke mit den Schultern, Hilda lässt den Blick durch die kleine Kammer schweifen, als läge hier irgendwo die Lösung für dieses Problem rum. Dann legt sich auf einmal ein Lächeln auf ihr Gesicht. Nanu? Hat sie doch etwas gesehen, was uns weiterhilft?

»D'Artagnan, das Mondlicht ist wirklich herrlich. Soooo romantisch!« Ihr Lächeln wird noch breiter.

Hä? Was ist denn mit Hilda los? Seit wann steht die denn auf Romantik? Und wieso muss sie das gerade jetzt entdecken, wo wir hier knietief im Schlamassel stecken? Wenn nicht gar bis zum Hals? Jetzt lacht sie sogar. Hm, war irgendwie Alkohol in der Soße? Ich merk nichts.

»Aber«, fährt sie fort, »es ist nicht nur wahnsinnig ro-

mantisch, sondern auch wahnsinnig praktisch. Denn es fällt durch ein Loch in der Decke, richtig?«
D'Artagnan ist mindestens so verwirrt wie ich, nickt jedoch langsam.
»Ja, es fällt durch ein Loch in der Grottendecke. Der Stein, den ich eben in der Mauer gedrückt habe, öffnet oder schließt das Loch. Je nachdem.«
»Perfekt. Dann werde ich jetzt Hilfe holen. Hilfe, die die Zwerge ablenken wird.«
Sie dreht sich um und blickt nach oben zur Decke, dann klatscht sie in die Hände und sagt ein Sprüchlein auf, das ich neulich schon mal gehört habe.
»Hugin! Munin! Den Ruf erteilt, der Ruf ereilt! Ihr schwarzen Schwingen, kommt herbei!«
Kurz darauf schießen die beiden Raben durch die Decke und landen vor Hildas Füßen. Teufel aber auch, wo verstecken sich die beiden Viecher nur, dass sie immer so schnell da sein können, wenn Hilda sie ruft? Ein bisschen unheimlich ist das ja schon!
Hilda kniet sich hin und flüstert den Raben etwas zu, die krächzen zur Antwort und fliegen dann wieder los.
»Hast du nicht in der Vergangenheit gesagt, dass die beiden es nicht mit sechs Soldaten aufnehmen können? Wie sollen sie dann jetzt mit fünfzig Zwergen fertigwerden?«, will ich von Hilda wissen, als Hugin und Munin durch die Decke verschwunden sind. Hilda grinst.
»Nun, sie sollen ja nicht mit den Zwergen kämpfen, sondern sie nur so weit ablenken, dass d'Artagnan mit

den falschen Nadeln zu einem Treffpunkt mit Athos verschwinden kann. Ich würde also sagen, Sie sollten Athos jetzt anrufen. Die Uhr tickt!«

Wie zur Bestätigung hören wir, dass draußen ein ziemlicher Tumult losbricht. Krächzen, Schwingenschlagen, noch mehr Krächzen – die Raben scheinen ganze Arbeit zu leisten. Wahrscheinlich haben sie wieder die halbe heimische Vogelwelt zu Hilfe gerufen – so haben sie es bei unserer Mission in England damals auch gemacht.

»Diese Vögel sind wirklich unglaublich!«, staunt d'Artagnan. »Ich werde Athos anrufen, wenn ich draußen einen guten Treffpunkt gefunden habe. Ich brauche also nur noch die Nadeln.«

Constance nimmt die Schmuckrolle, reißt das Tuch in zwei Teile und reicht Frau Urdmann dann noch einmal alle Nadeln. Die überlegt kurz und gibt Constance zwei Nadeln zurück, die diese in den Stoff wickelt und d'Artagnan gibt. Der steckt sie sich unters Hemd, holt tief Luft und nickt uns zu.

»Alors, on y va! Auf geht's! Drückt mir die Daumen, dass unser Plan aufgeht.«

Dann drückt er noch einmal auf den Stein im Mauervorsprung, die Wand zu den Statuen öffnet sich, und er gleitet nach draußen in die Dunkelheit.

»Bonne chance! Viel Glück«, flüstert Constance und schaut ihm hinterher.

Das ist verdammt noch mal der richtige Wunsch! Glück können wir jetzt wirklich gebrauchen!

24. Kapitel

Abschied und eine goldene Nase!

Angestrengt horchen wir in das Dunkle der Nacht. Stimmengewirr, lautes Geschrei, ebenso lautes Vogelgekrächze und immer wieder ein Sausen und Brausen – es ist richtig unheimlich. Zu gern würde ich mal einen Blick aus unserem Versteck riskieren, um zu gucken, was sich da draußen so abspielt, aber die Gefahr, in unserer kuscheligen Kammer ungebetenen Zwergenbesuch zu bekommen, ist mir dann doch zu hoch.

Dann auf einmal: Stille. Keine Schreie mehr, nichts. Einfach nur Ruhe.

»Wow, ich bin beeindruckt. Scheint so, als würde dein Plan aufgehen, Henry«, stellt Hilda trocken fest.

»So beeindruckend war der Plan nun auch wieder nicht«, meckert Siegfried, »ganz okay, aber heldenhaft nicht wirklich.«

Blödmann. Als ob von dem schon mal irgendein Plan gekommen wäre, ob beeindruckend oder nicht. Offenbar kann Hilda meine Gedanken lesen.

»Ist das jetzt hier ein Wettbewerb? Wer ist der größte

Held und hat den besten Plan, oder wie?«, bemerkt sie spöttisch. »Wichtiger ist doch, dass wir das Gold in Sicherheit bringen. Lasst uns mal gucken, ob die Zwerge tatsächlich weg sind.«

Wir öffnen die Kammer und schauen hinaus. Am Brunnen ist alles ruhig, keine Zwerge in Sicht. Vorsichtig klettern wir aus unserem Versteck und schleichen den Laubengang entlang, bis wir in den Park zum Schloss sehen können. Auch hier: keine Zwerge. Ich mache vor Erleichterung einen kleinen Luftsprung.

»Wahnsinn! Es hat funktioniert!«, freue ich mich.

D'Artagnan kommt hinter einem Baum hervor. Er sieht ziemlich deprimiert aus, dabei müsste er doch auch froh sein, dass die Zwerge endlich weg sind!

»Ich fasse es nicht«, murmelt er traurig. »Die Theorie mit Athos' Verrat scheint zu stimmen. Ich habe ihn angerufen, zu diesem Baum bestellt und ihm dann die Nadeln gegeben. Keine fünf Minuten nachdem Athos in der Nacht verschwunden ist, hat sich auch die Zwergenarmee buchstäblich in Luft aufgelöst.«

Krächz, kräh! Hugin und Munin kommen angeflattert und setzen sich ganz friedlich vor meine Füße. D'Artagnan seufzt.

»Ich bin unglaublich enttäuscht.«

»Tja«, Hilda zuckt mit den Schultern, »so kann man sich eben auch in Menschen täuschen, die man seit über vierhundert Jahren kennt. Aber ich fürchte, Sie müssen sich die Enttäuschung für später aufheben – jetzt sollten wir mit Endgeschwindigkeit zurück zur Xerton und das Gold in Sicherheit bringen. Wir sind schließlich Agenten, keine Selbsthilfegruppe!«

Im Dauerlauf schaffen wir es in zehn Minuten zum Boot. Dort angekommen, verabschieden sich d'Artagnan und Constance von uns.

»Mes amis, meine Freunde, kommt gut nach Hause!«, sagt d'Artagnan theatralisch. »Es tut mir sehr leid, dass ich so viele Schwierigkeiten gemacht habe – das habe ich nicht gewollt.« Er sieht ernsthaft zerknirscht aus. Frau Urdmann klopft ihm auf die Schulter, was ziemlich ulkig aussieht, weil sie sich dafür auf die Zehenspitzen stellen muss.

»Den Sinn der Zeit erfasst des Menschen Herz wohl kaum. Ich ahne, dass du nicht gesehen hast, was folgen würde. Vergeben sei dein Handeln dir.«

Okay, das soll wohl so viel wie *Passt schon* bedeuten. Frau Urdmann ist echt schwer in Ordnung, ihm hier zum Abschied nicht noch einen Megaeinlauf zu verpassen.

»Was machen Sie denn jetzt? Ich meine, so mit Athos und so?«

Schulterzucken.

»Ich denke, ich werde Porthos und Aramis berichten, was er getan hat. Und ich werde verlangen, dass er mir erklärt, *warum* er es getan hat. Aber als Erstes zeige ich Constance nun das Paris von heute, damit sie sich hier überhaupt zurechtfindet.«

Constance nickt.
»Ich bin schon sehr neugierig!«
Siegfried seufzt.
»D'Artagnan, ich beneide dich. Sightseeing mit einer hübschen jungen Frau ist definitiv mehr nach meinem Geschmack als ein Transatlantikflug mit einem Schuljungen, einer zickigen Walküre und … äh …«, er schaut zu Frau Urdmann, die ihm einen erwartungsvollen Blick zuwirft, und stottert weiter, »… also, wie auch immer – viel Spaß bei der Stadtrundfahrt.« Er atmet einmal durch. »Und jetzt würde ich tatsächlich sagen: Leinen los und Gas! Nicht dass uns Alberich hier noch mal in die Quere kommt!«
Wir umarmen uns, dann klettern Hilda, Frau Urdmann, Siegfried und ich an Bord, während d'Artagnan und Constance ein letztes Mal winken und über den kleinen Weg am Hafen zurückgehen.
Siegfried startet den Bootsmotor. Oder besser: Er *will* den Motor starten. Der allerdings gibt keinen Mucks von sich. So ein Mist!
»Oh Mann, Siegfried!«, zischt Hilda. »Hast du etwa vergessen, genug zu tanken? Das darf ja wohl nicht wahr sein!«
»Ja, es ist auch nicht wahr«, faucht Siegfried zurück. »Der Tank war noch halb voll. Damit wären wir auf alle Fälle noch losgekommen!«
»Ach ja? Und wie erklärst du dir, dass es jetzt nicht funktioniert?«

»Das weiß ich nicht. Ich bin schließlich kein Mechaniker.«
»Ach nee! Hat dir das diese Elly Dingsbums etwa nicht auch gleich beigebracht?«
»Jetzt hör auf, mich zu nerven. Vielleicht ist die Batterie zu schwach, und wir können sie irgendwie überbrücken.«
»Ich bleibe dabei: Ich wette, du hast einfach nicht getankt!«
Auf dem Vordeck rumpelt es. Hilda und Siegfried sind allerdings zu sehr in ihre Streiterei vertieft, als dass sie irgendwas davon mitkriegen würden. Noch ein Rumpeln, ich gehe nach vorn – und treffe auf den grinsenden Athos, der gerade an Bord gekommen ist. Scheiße!
»Ihr habt gedacht, ihr könnt mich und Alberich reinlegen, richtig?« Er lacht ein ziemlich irres Lachen. »Aber da müsst ihr früher aufstehen. Ich habe mir schon gedacht, dass ihr mit dem echten Gold abhauen wollt und mir nicht die richtigen Nadeln in die Hand drückt. Damit habe ich gerechnet. Und deswegen ein paar Vorkehrungen getroffen.«
Er schwenkt etwas vor meiner Nase hin und her, das wie ein Bohrer aussieht. »Ich habe mir also erlaubt, ein paar Löcher in den Tank zu bohren.« Okay, es sieht nicht nur wie ein Bohrer aus, es ist auch ein Bohrer. Verflucht! Ich schätze mal, unsere Abreise verzögert sich ein wenig.
Hilda kommt nach vorn gelaufen.
»Oh.«

Mehr sagt sie nicht, aber ihr Blick Richtung Mole verrät, dass sie über einen Sprung an Land nachdenkt.
Athos errät ihre Gedanken. »Eine Flucht könnt ihr vergessen. Glaubt mir – Alberich wird euch finden. Denn – und jetzt verrate ich euch ein kleines Geheimnis – er kann das echte Nibelungengold spüren. Nibelungengold umgibt eine Art Kraftfeld. Das so stark ist wie die gesamten Goldreserven der Bank von England, die zu einem Klumpen verschmolzen sind. Es hat eine tausendmal höhere Energie als *normales* Gold. Wahrscheinlich noch viel höher. Egal, wohin ihr euch auch verkriecht, Alberich wird euch finden. Ich schätze mal, er ist so in fünf bis zehn Minuten hier. Und er wird ziemlich viele Zwerge mitbringen. Also gebt auf, dann rettet ihr wenigstens euer Leben!«
Ich will diesem aufgeblasenen, abgehalfterten Ex-Musketier gerade sagen, dass Aufgeben natürlich gar nicht infrage kommt, als etwas an mir vorbeirast. An mir vorbei und direkt auf Athos zu. KAWUMM! Athos geht zu Boden und bleibt dort regungslos liegen.
Was war das? Verwirrt schaue ich mich um. Hinter mir reibt sich Siegfried die rechte Hand. Offenbar hat seine Faust Athos umgehauen.
»Was sollte das denn? Bist du jetzt völlig irre?«, herrscht ihn Hilda an, doch Siegfried ist vollkommen ruhig.
»Der Typ nervt einfach. Ich wollte, dass er die Klappe hält. Ich kann sonst nicht nachdenken.«
»Nachdenken? Du?«

Aber egal, wie Hilda das findet – ich bin auch ganz froh, dass Athos nun eine kleine, nun ja, Pause einlegt.
»Nachdenken ist wirklich gut. Wo können wir mit dem Gold so lange unentdeckt bleiben, bis das Boot wieder startklar ist? Wo kann Alberich es nicht spüren?«
Allgemeine Ratlosigkeit, bis ich noch mal auf der Nummer mit dem Kraftfeld rumdenke. Wie kann man ein Kraftfeld tarnen? Mit einem anderen Kraftfeld! Und was sagte Athos, als er noch sprechen konnte? So viel Energie wie das Gold der Bank von England.
»Ich hab's! Ich weiß einen Ort, an dem wir uns verstecken können. Beziehungsweise das Gold verstecken können. Ein Ort, an dem Alberich das Gold nicht spüren kann. Das müsste klappen. An dem Ort warten wir dann so lange, bis Siegfried die Xerton wieder startklar hat.«
»Aber Henry, hast du es denn nicht begriffen?«, fragt Hilda. »Alberich kann die Energie des Goldes spüren. Dafür muss er es gar nicht sehen. Es bringt also überhaupt nichts, die Nadeln irgendwo zu verstecken.«
»Doch. Denn es ist ganz einfach: Wenn Alberich die Energie des Goldes als extrem großes Kraftfeld spüren kann, dann müssen wir es einfach in einem Haufen voll Gold verstecken, dann kann er es bestimmt nicht mehr eindeutig zuordnen. Weil er dann ja denkt, die Energie stamme von dem anderen Gold. Verstanden?«
Hilda bleibt skeptisch: »Das mag ja sein, aber wo willst du denn jetzt einen riesigen Haufen Gold herbekommen?«
»Tja, habe ich den Reiseführer von Loge wohl doch nicht

umsonst gelesen. Da stand ziemlich viel über die Katakomben von Paris drin.«

»Oh Mann«, stöhnt Siegfried, »uns brennt hier so richtig der Frack, und du nervst uns mit irgendwelchem Kram aus einem Reiseführer? Ich glaub's ja nicht! Falls du es noch nicht gemerkt hast: Wir wollen keinen Urlaub machen, sondern lebend nach Hause kommen!«

»Ja, ja«, grinse ich, »beruhigt euch mal. Ich weiß, wo ein riesiger Haufen Gold liegt, groß genug, um die Energie des Nibelungengoldes zu überstrahlen: in den Katakomben.«

»In den Katakomben?«

»Genau. Die Katakomben sind ein unterirdisches Stollensystem, kilometerlange Gänge unterhalb von Paris, in denen unter anderem ein riesiger Friedhof untergebracht ist. Aber nicht nur: In einem Seitenstollen lagert die Französische Nationalbank außerdem die Goldreserven Frankreichs. Wenn es uns gelingt, die Diamantnadeln dorthin zu bringen, wird Alberich sie nicht spüren können, und wir gewinnen Zeit, um unser Flugzeug zu reparieren.«

Hilda zieht die Stirn kraus.

»Okay, einen Versuch ist es wert. Aber wie willst du den Tresorraum finden?«

»Mit Loges Superbrillen. Sagte er nicht, dass sie eine Art Röntgenfunktion haben? Wir können durch die Mauern gucken, und wenn wir Glück haben, finden wir den Tresorraum. Dann kleben wir unser Superkaugummi an die Wand, und *PUFF* – sind wir im Tresor. Damit ist das Gold

für Alberich unsichtbar, und wir sind mit den Nadeln ein paar Stunden in Sicherheit.«
»Okay«, meint Hilda, »eine richtige Alternative haben wir ohnehin nicht, und ob wir noch einmal gegen die Übermacht der Zwerge ankommen, wage ich zu bezweifeln. Also: Als Erstes verschnüren wir mal diesen Verräter zu einem handlichen Paket und parken ihn unter Deck. Du und ich, Henry, verstecken das Gold in den Katakomben, und Siegfried versucht, den Motor wieder hinzukriegen. Morgen früh wird es doch eine Werkstatt geben, die die Löcher in dem verdammten Tank dicht bekommt!«
»Eine Spitzenidee«, sage ich, was eigentlich ein schlimmes Eigenlob ist, aber angesichts der Umstände muss das auch mal erlaubt sein.
Nur Siegfried sieht noch nicht restlos überzeugt aus.
»Ist ja alles schön und gut – aber wie bekommt ihr denn mit, dass die Xerton wieder startklar ist?«
»Ganz einfach: Ruf mich auf dem Handy an. Das wirst du doch noch hinbekommen«, grinst Hilda.
»Und da sieht man wieder, dass auch eine Walküre nicht an alles denkt: Ich wette eins zu einer Million, dass ihr in diesen Katakomben, oder wie die Dinger heißen, keinen Handyempfang habt.«
Mist. Damit könnte Siegfried sogar recht haben. Immerhin liegen die Katakomben in fünfunddreißig Meter Tiefe. Und dass einer von uns beiden erst hin- und dann wieder zurückläuft, ist angesichts der Tatsache, dass die Katakomben ganz schön lang und verzweigt sind, auch keine so

gute Idee. Zum Stolleneingang können wir uns ja noch ein Taxi nehmen, aber danach müssen wir leider laufen.
Ich muss wohl ziemlich hoffnungslos dreingeschaut haben, denn jetzt knufft mich Siegfried in die Seite und lacht.
»Hey, Kollege, nicht den Mut verlieren. Super-Siegfried hat schon die passende Lösung für dieses Problem.«
Wie bitte? Ich traue meinen Ohren kaum. Siegfried hat die Lösung? Ohne Draufhauen oder Jemanden-Verprügeln? Auch Hilda guckt verdutzt.
»Ist doch ganz einfach, Kinder: Hugin und Munin. Wenn ich den Motor wieder repariert habe, lasse ich die beiden zu euch losflattern. Tauchen die Raben bei euch auf, wisst ihr, dass die Xerton startklar ist. Dann kommt ihr mit dem Gold zurück, und wir fliegen los.«
Hey, das ist jetzt mal eine richtig gute Idee! Und das von unserem blonden Rambo, Respekt! Ich gebe mir Mühe, nicht so überrascht aus der Wäsche zu gucken, schließlich will ich Siegfried nicht beleidigen.
Nur Hilda sieht noch nicht hundertprozentig überzeugt aus. Was hat sie denn nun schon wieder?
»Hilda, was ist? Ich will wirklich nicht drängeln, aber mein Gefühl sagt mir, dass Alberich hier gleich auf der Matte steht und die Diamantnadeln haben will. Und fünfzig bis sechzig Zwerge sind schon ein schlagendes Argument.«
»Ja, ich weiß. Aber wer sagt uns denn, dass wir in so einem weit verzweigten unterirdischen Stollennetz gleich den richtigen Weg finden? Ich wäre auch ganz froh, Hugin

und Munin dabeizuhaben. Sie sind exzellente Kundschafter und könnten vorausfliegen und suchen. Dann wären wir viel schneller.«

»Und schon wieder hast du Glück, Tantchen Brunhilde«, verkündet Siegfried mit einem breiten Lächeln auf dem Gesicht – oder ist es eher ein freches Grinsen? »Es sind Gott sei Dank zwei Vögel. Einer bleibt bei mir, einen nehmt ihr mit. Sucht euch einen aus. Und dann los, aber schnell!«

Krass! Der Tag wird rot im Kalender angestrichen: Siegfried macht zwei gute Vorschläge! Innerhalb von nicht mal fünf Minuten!

25. Kapitel

Unter den Straßen von Paris

»Da vorn! Ein Taxi! Schnell!«
Ich renne los und winke gleichzeitig wie ein Irrer, in der Hoffnung, dass der Fahrer mich noch im Rückspiegel sieht. Hilda, mit Hugin auf der Schulter, hechtet hinterher. Tatsächlich – das Taxi bremst und hält an. Ich reiße die Tür auf.
»Bonjour, wir müssen ganz schnell zu den Katakomben!«, verlange ich in fließendem Französisch. Der LOGE 3000 ist einfach genial!
Der Taxifahrer wirft einen Blick über seine Schulter.
»Will der da etwa auch mit?«
»Wer? Er?«
»Na, der gefiederte Freund.«
Ach so, er meint Hugin.
»Klar, der muss auch mit.«
Der Taxifahrer schüttelt den Kopf.
»Je suis desolé. Tut mir leid. Tiere in meinem Taxi nur in einer hierfür vorgesehenen Transportbox.«
Aaaargh! Das darf doch nicht wahr sein! Uns läuft die Zeit davon, und der Typ besteht auf einer Transportbox!

»Ach, kommen Sie schon! Hugin ist total brav und zahm. Der kann sich supergut benehmen, ich schwöre!«
»Nein. Keine Ausnahme, junger Mann«, bleibt der Fahrer hart, »Vorschrift der Geschäftsleitung.«
»Apropos Vorschrift«, mischt sich Hilda ein, »das hier ist nicht irgendein Rabe, sondern ein Blindenrabe. Ich bin sehbehindert, und das ist mein Begleitvogel. Genau wie ein Blindenhund. Blindenhilfstiere müssen zu jeder Zeit im Taxi mitgenommen werden. Und wenn Sie das jetzt nicht machen, beschwere ich mich bei der Stelle, die die Taxilizenzen vergibt!«
Hilda erstaunt mich immer wieder! Wo hat sie das denn her? Aber es scheint zu stimmen, denn dem Mann fällt regelrecht die Kinnlade runter, und er sagt nichts mehr, als Hilda mit Hugin einsteigt und den Raben auf den Schoß nimmt.
»Zu den Katakomben«, wiederhole ich noch einmal, der Mann schaltet wortlos das Taxameter an und setzt den Blinker.
»Einen Moment noch«, bittet ihn Hilda.
»Was denn?«, frage ich. »Wir haben keine Zeit mehr!«
»Richtig, aber operative Hektik bringt uns nicht weiter, mein Lieber! Hast du nicht gesagt, die Katakomben erstrecken sich über den gesamten Untergrund von Paris? Hast du nicht irgendetwas von *kilometerlang* gesagt?«
»Äh, ja, hab ich gesagt.«
Der Taxifahrer dreht sich zu uns um, offenbar hat er seine Sprache wiedergefunden.

»Genau genommen dreihundert Kilometer lang«, erklärt er uns.
»Siehst du!«
»Ich verstehe nicht ganz, worauf du hinauswillst«, gebe ich zu. Hilda grinst.
»Nimm mal kurz den 3000 aus dem Ohr.«
Mache ich sofort. Offenbar will Hilda verhindern, dass der Taxifahrer die Übersetzung mitbekommt.
»Also«, erklärt mir Hilda dann auf Deutsch, »wenn die Katakomben so lang sind, wie wahrscheinlich ist es dann, dass die Nationalbank ihre Goldreserven an der Stelle lagert, wo die Touristen die Katakomben besuchen können? Würde sie die nicht eher neben dem Bankgebäude aufbewahren? Wäre das nicht praktischer?«
Wow. Hilda ist einfach ein verdammt helles Köpfchen! Daran habe ich noch gar nicht gedacht. Ich schnappe mir mein Handy und google *Goldreserven, Frankreich* und *Katakomben.*
»Da! Hier steht es: *Nur ein kleiner Teil der Katakomben von Paris ist als Museum eingerichtet und für Besucher freigegeben. Außer dem offiziellen Zugang gibt es mehrere, die nicht bekannt sind. So besteht auch von der französischen Zentralbank aus ein Zugang, welche ihre Goldreserven in einem besonders gesicherten Teil der Katakomben lagert.* Das heißt, wir müssen zur Französischen Nationalbank.«
»Richtig.«
Ich drücke mir den LOGE wieder ins Ohr.

»Zur Nationalbank«, rufe ich dem Fahrer zu. Falls er sich jetzt wundert, lässt er es sich nicht anmerken.
Fünf Minuten später sind wir am Ziel, wir steigen aus dem Taxi und stehen vor einem imposanten Gebäude mit einem riesigen schwarzen Tor. *Banque de France* steht in großen Lettern darüber. Ich würde sagen, hier sind wir richtig!
»Und nun?«, will ich von Hilda wissen. »So ohne Weiteres kommen wir nicht in die Katakomben. Einen offiziellen Zugang gibt es hier bestimmt nicht.«
»Nun sei doch nicht so negativ!«, schimpft Hilda. »Guck runter auf den Boden. Wir suchen nach einem Gullydeckel, und dann steigen wir ab. Ich bin mir ziemlich sicher, dass es Querverbindungen zwischen den einzelnen Schächten und Stollen gibt. Wir lassen Hugin vorfliegen und suchen, ob er an irgendeiner Stelle aus der Kanalisation raus- und in die Katakomben reinkommt.«
»Und dann setzen wir unsere Superbrillen auf und suchen den Tresorraum, den wir hoffentlich finden, bevor Alberich uns findet.«
Jetzt, wo ich es so laut ausspreche, bin ich mir nicht mehr sicher, ob mein Plan wirklich genial oder nicht eher katastrophal ist. In der Ferne höre ich wieder ein altbekanntes Getöse. Noch leise, dennoch jagt es mir einen Schauer über den Rücken.
»Ach, du Sch…«, rufe ich, »ich glaube, wir müssen jetzt wirklich Gas geben. Klingt ganz so, als würden wir demnächst Besuch bekommen!«

Wir rennen die Straße vor der Bank entlang, auf der Suche nach einem Gullydeckel.
»Hier ist einer!«, ruft Hilda und kniet sich auf den Bürgersteig. Tatsächlich. Ein runder Betondeckel. Zu zweit greifen wir in die Löcher, die rings um seinen Rand verlaufen, und versuchen, den Deckel herauszuhieven. Das ist gar nicht so einfach – sosehr wir auch ziehen und zerren, der Deckel rührt sich kaum.
»Komm, auf *drei*!«, presse ich angestrengt zwischen den Zähnen hervor, um dann laut »Eins, zwei, drei!« zu zählen. Bei »drei« ziehen wir mit aller Wucht, es gibt einen Ruck, dann sitzen Hilda und ich auf dem Boden, aber immerhin haben wir den Deckel herausbekommen. Ich werfe einen Blick in das entstandene Loch und gucke tief in einen dunklen Kanal. An der Seite erkenne ich eine schmale Einstiegsleiter.
»Rein da! Schnell!«
Mit einem Satz springt Hilda in den Schacht und krallt sich an der Leiter fest, ich folge ihr.
Wir halten kurz inne, um den schweren Deckel von unten wieder über die Öffnung zu ziehen – hoffentlich hält uns das die Zwerge etwas länger vom Hals. Dann geht es tiefer hinunter. Hugin hockt immer noch auf Hildas Schulter. Ab und zu krächzt er leise, ich vermag nicht zu sagen, ob aus Abenteuerlust oder aus Angst. Ein Meter, zwei Meter ... nach ungefähr fünf Metern erreichen wir wieder festen Boden unter den Füßen.
Hilda kramt aus ihrem Rucksack Loges Brillen hervor und

gibt mir eine. Ich schaue mich um. Links von uns schwappt tiefschwarzes Wasser durch einen Kanal, rechts läuft ein trockener Schacht entlang. Über uns hören wir nun Getrampel und Geschrei, die Zwerge scheinen die Straße entdeckt zu haben, kommen aber offenbar nicht sofort auf die Idee, dass wir durch den Gully geklettert sind. Also schnell nach rechts, bevor sich das ändert!
Anfangs stolpern wir noch über irgendwelche Kabel und Leitungen, ein ganzes Stück später und noch tiefer fangen offenbar die alten Katakomben an: gemauerte Wände, die Decken noch roh in den Stein gehauen, unverständliche Zeichen und Nummern.
Wir kommen an eine Weggabelung. Links oder rechts? Ich habe mittlerweile völlig die Orientierung verloren. In welcher Richtung lag noch mal die Nationalbank? Ich weiß es nicht.
Hilda nimmt Hugin von ihrer Schulter und flüstert ihm etwas ins Ohr. Dann setzt sie ihn auf ihre ausgebreiteten Handflächen und wirft ihn ein Stück in die Luft. Hugin schießt sofort los, ganz so, als wüsste er genau, wo sein Ziel ist.
»Was hast du ihm gesagt?«, will ich von Hilda wissen.
»Er soll uns den Stollen suchen, der am nächsten zur Bank gelegen ist. Ich bin mir ziemlich sicher, dass dort der unterirdische Tresorraum untergebracht ist.«
»Hoffentlich hast du recht. Und hoffentlich findet uns Hugin überhaupt wieder.«
»Mach dir keine Sorgen. Du weißt doch – ich kann die

Vögel immer zu mir rufen. Der findet mich an jedem Ort der Welt. Und um den Stollen zu finden, gibt es keinen Besseren.«

»Auch hier im Dunkeln? Ich hoffe schwer, du hast recht!« Hilda nickt.

»Ja, auch hier im Dunkeln. Wusstest du, dass sich Vögel am Erdmagnetfeld orientieren können? Sie brauchen also kein Licht, sie fliegen auch blind. Warte es ab, das klappt schon. Hugin weiß schließlich genau, wo die Bank steht. Er wird auch den nächsten Gang finden.«

Regungslos warten Hilda und ich auf Hugins Rückkehr, keiner von uns beiden sagt ein Wort. Angespannt horche ich auf irgendwelche Geräusche, aber ich kann weder ein Flügelschlagen noch – Gott sei Dank! – Anzeichen eines Zwergenangriffs ausmachen. Was ich allerdings ausmachen kann, ist mittlerweile totale Müdigkeit. Wann habe ich eigentlich zuletzt geschlafen? Vor 450 Jahren, wenn ich mich nicht täusche, und genau so fühlt es sich auch an. Ich gähne herzhaft.

»Dass ihr Menschen immer so viel Schlaf braucht!« Hilda grinst, ich bin genervt.

»Tut mir natürlich leid, dass ich nur ein Mensch bin. Auf dein nächstes Abenteuer nimmst du am besten einen Halbgott mit. Oder Viertelgott. Siegfried zum Beispiel.«

»Nun sei doch nicht gleich so empfindlich! Das war ja gar nicht so gemeint.«

»Ist doch wahr. Immer dieses *Wir Götter können alles besser*. Das nervt voll!«

»Hab ich nie gesagt. Und stimmt auch gar nicht. Bestimmte Sachen können wir gar nicht. Oder nur schlecht.«
»Ach ja? Was denn zum Beispiel?«
»Gefühle. Das können wir ganz schlecht. Liebe, Freundschaft, Freude, Trauer. Gibt es bei uns eigentlich nicht. Ich würde sagen, im Wesentlichen fühle ich mich seit dreitausend Jahren ungefähr gleich. Na gut, mit kleinen Ausnahmen. Aber so etwas wie bei d'Artagnan? Vierhundertfünfzig Jahre leiden, weil die Geliebte gestorben ist? Extra für sie in die Vergangenheit reisen? Habe ich noch von keinem Gott gehört. Also, jedenfalls von keinem germanischen. Und um diese großen Gefühle, da beneide ich euch Menschen schon irgendwie. Als Gott ist es auch ein bisschen langweilig.« Sie seufzt, und ich bin wirklich überrascht. Hilda beneidet die Menschen um Liebeskummer? Und die ganzen anderen Gefühle? Das ist echt 'n Ding. Da muss ich mal in Ruhe drüber nachdenken.
Lautes Schwingenschlagen kündigt an, dass dafür aber gerade jetzt keine Zeit ist: Hugin kehrt zurück. Und er sieht, falls man das von einem Raben so sagen kann, recht gut gelaunt aus. Jedenfalls klingt sein Krächzen fast fröhlich, als er sich auf Hildas Unterarm setzt und gewissermaßen zu erzählen beginnt.
Hilda hört ihm aufmerksam zu.
»Hugin ist sich sicher, den richtigen Stollen gefunden zu haben. Es ist gar nicht weit von hier. Wir sollen ihm folgen.«
Aus der Tiefe der Katakomben meine ich wieder Getrampel

und Geschrei zu hören. Ob die Zwerge auch in die Stollen gelangt sind und uns wieder verfolgen? Das möchte ich nur ungern herausfinden.
»Hörst du das?«, flüstere ich Hilda zu. Die nickt.
»Ja, ich fürchte, die sind uns wieder auf der Spur! Also schnell hinter Hugin her!«
Und das tun wir dann auch. Wir laufen den linken Stollen entlang, der sich noch eine ganze Weile hinschlängelt. An manchen Stellen müssen wir durch knietiefes Wasser waten, dann ist die Decke so niedrig, dass wir nur gebückt hindurchkommen. Schließlich gelangen wir in einen recht großen unterirdischen Saal. Hier flattert Hugin zu Boden und bleibt vor einer Wand sitzen.
Ich gehe zur Wand und fixiere sie durch meine Brille. Der LOGE funktioniert einwandfrei: Die Wand löst sich unter meinem Blick auf und gibt den Blick auf die dahinterliegende Kammer frei. Ich hoffe und bete, dass ich mit meiner Theorie recht hatte und wir nun wirklich vor dem Goldlager der Nationalbank stehen. Und da sehe ich – tadaaaaa! – tatsächlich eine Tresortür! Unschwer an den dicken Stahlschienen, der Zahlentastatur und einem schweren Drehrad zu erkennen.
»CHAKKA!«, rufe ich begeistert und sehr erleichtert zugleich. »Ich hatte recht, der Rabe hatte recht, wir hatten alle recht! Schnell, das Kaugummi! Gib mir den LOGE 7000.«
Hilda stellt sich nehmen mich, kaut kurz auf einem Stück LOGE herum und klebt ihn dann an die Wand vor uns.

Wieder drei Sekunden warten, dann fällt die Wand völlig erschütterungsfrei und lautlos in sich zusammen, und wir steigen über einen Haufen Staub in die Kammer.

Gespannt stehen wir vor dem Tresor.

»Wenn da jetzt wirklich das Gold drin liegt, sind wir die Helden«, denke ich laut nach, »wenn nicht, haben wir echt mit Zitronen gehandelt und ziemlich bald ziemlich viele Zwerge am Hals. Was meinst du?«

Hilda nickt stumm und zieht den LOGE 4000 aus ihrem Rucksack. Sie fährt einmal mit der Hand um das Rad herum, scheint dann eine gute Stelle gefunden zu haben und hält den Loge genau davor. Er beginnt zu surren und zu rattern, die Zahlentastatur bewegt sich, als ob ein Geist darauf herumtippt, dann dreht sich das Rad – und schließlich schwingt die massive Tür auf, und wir blicken in den Innenraum des Tresors.

Mir stockt der Atem.

26. Kapitel

Ein Zwerg kommt selten allein. Oder?

Gold! Wohin das Auge auch blickt: glänzendes, strahlendes Gold! Und zwar barrenweise, aufeinandergeschichtet, nebeneinander, Meter um Meter. Nicht dass ich Alberich jetzt sympathisch finde, aber ich kann schon verstehen, warum der gierige Zwergenkönig so begeistert von dem Anblick ist. Das ist einfach gigantisch!

»Wow«, flüstere ich, »ich fühle mich wie Dagobert Duck in seinem Geldspeicher!«

»Hm, ich würde hier aber nicht kopfüber reinspringen«, merkt Hilda trocken an, »sonst holst du dir bestimmt 'ne ziemlich große Beule.«

Sie geht zu der ersten Reihe Goldbarren und schiebt die Rolle mit den verbliebenen Diamantnadeln in eine Lücke zwischen zwei Barren. Dann dreht sie sich zu mir um.

»Wenn deine Theorie stimmt, dass das Kraftfeld der Goldreserven das des Nibelungengoldes überlagert, müsste Alberich genau jetzt unsere Witterung verlieren.«

»Ja, ich hoffe es zumindest. Sonst wird es hier demnächst sehr unangenehm, fürchte ich.«

Wir setzen uns auf den Boden.
»Wann haben wir die Zwerge zuletzt gehört?«, will ich von Hilda wissen. Die zuckt mit den Schultern.
»Weiß nicht genau. Vielleicht vor einer halben Stunde? Oder zwanzig Minuten?«
Ich überlege kurz.
»Okay, sie waren uns ja immer ziemlich dicht auf den Fersen. Schätze mal, wenn sie innerhalb der nächsten Stunde nicht hier auf der Matte stehen, haben sie unsere Spur tatsächlich verloren.«
Wir lauschen angestrengt, aber da ist nichts. Die Stille umgibt uns wie eine schwarze Wand. Nur Hugin krächzt ab und zu – wahrscheinlich wundert er sich, warum wir hier wie angeklebt im Tresor sitzen bleiben.
Hilda streichelt ihm über das Köpfchen und flüstert ihm etwas zu.
»Was hat er denn?«, will ich wissen.
»Er fragt sich, wo sein Kumpel Munin so lange bleibt. Weißt du, die beiden sind eigentlich nie voneinander getrennt. Sie fliegen immer zu zweit durch die Gegend und berichten Wotan vom Weltenlauf. Aber ich habe ihn beruhigt, dass Munin kommt, sobald das Boot wieder fit ist.« Sie seufzt. »Wann auch immer das sein wird. Ich bin mir nicht sicher, ob Siegfried das ohne uns hinbekommt.«
»'ne Werkstatt wird er doch gerade noch finden, meinst du nicht?«
»Hoffentlich.«
Dann schweigen wir. Und warten.

Plötzlich Geräusche am Stolleneingang! Schritte, die auf uns zurennen, flackernde Fackeln, dann geschriene Anweisungen! Scheiße! Die Zwerge haben uns gefunden! Die Goldreserven haben uns leider nicht geschützt.
Ich sehe schon die ersten auf uns zukommen. Sie sind mit Knüppeln bewaffnet und sehen so aus, als würden sie diese auch sehr gern einsetzen. Ich springe hoch, um die Diamantnadeln zu retten. Kaum habe ich sie unter mein Hemd geschoben, stürzen sich schon drei Zwerge auf mich. Dem ersten kann ich noch einen Kinnhaken verpassen und den zweiten mit einem gezielten Fußtritt zu Boden bringen, aber der dritte verbeißt sich tatsächlich in meinem Arm. Aaaahhh! Das sind fiese Schmerzen! Hoffentlich hat der keine Tollwut! Um ihn loszuwerden, schlage ich wild um mich und kann ihn schließlich abschütteln.
Da kommen auch schon die nächsten. Einer der größeren schwingt einen Knüppel, ich muss mich ducken, um diesen nicht direkt an den Kopf zu bekommen. Wo steckt eigentlich Hilda? Ich sehe sie nicht, kann mir allerdings nicht vorstellen, dass sie vor den Zwergen geflüchtet ist. Aber sosehr ich mich drehe und wende – ich kann sie nirgends entdecken, dafür leider immer mehr Zwerge, die den Stollen nun regelrecht fluten. Wenn ich hier noch irgendwie heil rauskommen will, bleibt mir nicht mehr viel Zeit. Ich renne Richtung Ausgang, schubse die entgegenkommenden Zwerge so gut es geht links und rechts an die Stollenwand.

Zehn Meter, zwanzig Meter, dreißig Meter – ich bin schon fast am Übergang zur Kanalisation, gleich habe ich es in den Schacht geschafft, der zum Gullyausgang führt, da reißt mich etwas zurück, und zwar mit aller Macht und so heftig, dass ich zu Boden stürze. Als ich mich vom schlammigen Untergrund wieder hochrapple, sehe ich ihn direkt vor mir stehen: ein Mann, eher ein Männlein, mit stechenden, fast lodernden schwarzen Augen. Er mustert mich durchdringend, sein Blick brennt regelrecht auf meiner Haut. Sein Gesicht ist schmal und hager, seine Nase allerdings riesig, er hat einen langen, spitzen Bart, und fast bilde ich mir ein, dass er auch spitze Ohren hat. Ich ahne, wer hier vor mir steht. Glücklich macht mich das nicht!
»Du bist also Henry Smart.« Er lacht ein meckerndes Lachen. »Wie kommst du unbedeutendes Menschenkind dazu, mir solche Schwierigkeiten zu bereiten? Du kannst froh sein, dass ich so ein gutmütiger Kerl bin, denn sonst wärst du längst tot.«
Er lacht wieder, und diesmal dröhnt das Lachen in meinen Ohren – so laut und klirrend, dass ich mir die Ohren zuhalten muss. Er kommt näher, so nah, dass seine Nasenspitze fast meine berührt.
»Henry Smart, du hast da etwas, was mir gehört. Gib es mir, dann geschieht dir nichts.«
»Ich … äh … weiß gar nicht, wovon Sie reden, Sir«, stammle ich.
»Oh doch«, zischt das Männlein, »du weißt es ganz genau. Gib mir die Nadeln. Und zwar sofort.«

»Die Nadeln gehören der Königin von Frankreich«, widerspreche ich. »Anna von Österreich. Ich habe sie selbst schon gesehen, und ich muss sagen, Sie haben nicht die geringste Ähnlichkeit mit ihr.«
Das Männlein packt mich am Kragen und schüttelt mich.
»Pah! Anna von Österreich! Die interessiert mich überhaupt nicht! Zwei der Nadeln sind aus meinem Gold, hörst du? Aus MEINEM Gold! Nibelungengold!«
Ich stöhne.
»Dann sind Sie also tatsächlich Alberich?«
Er nickt und grinst, das Grinsen verzieht sein Gesicht zu einer unheimlichen Fratze.
»Ganz genau, du armes Menschenkind! Und jetzt – gib – mir – die – Nadeln! Gib sie mir! Giiiib siiiie miiiir ...«
Seine Stimme verschwimmt zu einem lauten Dröhnen in meinem Kopf, ich merke, dass ich rasende Schmerzen bekomme, wie von glühenden Nadeln, die sich in mein Hirn bohren. Aaaaahhhh! Schmeeeerz!
»Henry! Henry, werde wach!« Eine andere Stimme dringt an mein Ohr, jemand schüttelt mich. »Henry, was hast du? Aufwachen!«
Ich öffne die Augen und stehe nicht mehr Alberich gegenüber, sondern sitze neben Hilda.
»Er ... er war hier!«, stammle ich.
»Wer?« Hilda mustert mich erstaunt.
»Alberich. Der Zwergenkönig. Er war hier!« Ich zittere am ganzen Körper. Hilda streicht beruhigend über meine Wange.

»Henry, du bist eingeschlafen und hast geträumt. Hier war niemand. Und schon gar nicht Alberich. Dein Plan hat anscheinend funktioniert. Die Zwerge finden uns hier nicht. Das Gold ist in Sicherheit, und wir sind es auch.«
Ich atme tief durch und sehe mich um. Tatsächlich: Ich sitze noch auf dem Boden des Tresorraums, um mich herum Goldbarren, links von mir Hilda, rechts von mir Hugin. Ein Traum also – Gott sei Dank! Aber er war so realistisch, ich konnte regelrecht Alberichs Atem in meinem Gesicht spüren.
In diesem Moment beginnt Hugin zu krächzen, auf und ab zu hüpfen und aufgeregt mit den Flügeln zu schlagen.
»Was hast du denn?«, frage ich ihn, obwohl er natürlich nicht antworten kann. »Hast du etwa auch schlecht geträumt?«
Hugin krächzt weiter und flattert ein Stück aus dem Tresorraum hinaus, als ihm auch schon Munin entgegengeflogen kommt. Mein Herz macht einen Freudensprung – das kann doch nur bedeuten, dass Siegfried das Boot erfolgreich repariert hat. Yippieeee! Endlich mal gute Nachrichten!
»So, auf geht's!«, rufe ich voller Elan. »Je schneller wir an Bord sind, desto schneller ist das Gold in Bayreuth und ich wieder zu Hause.«
Ich will gerade die Schmuckrolle zwischen den Goldbarren herausziehen, da hält mich Hilda zurück.
»Halt! Einen Haken hat die Sache noch. Sobald wir diesen Raum mit den Diamantnadeln verlassen, werden wir für

Alberich wieder witterbar. Und dann wird er uns erneut die Zwerge auf den Hals schicken. Wir müssen immerhin aus den Katakomben heraus, den ganzen Weg zurück zum Boot und dann auch erst mal ablegen und losfahren. Was, wenn den Zwergen diese Zeit reicht, um uns wieder anzugreifen?«

Okay, guter Punkt! Ich bin sehr froh, dass ich von meiner Begegnung mit Alberich nur geträumt habe – darauf, dass dieser Traum wahr wird, lege ich nun wirklich keinerlei Wert. Hugin und Munin krächzen, als ob sie ebenfalls über das Problem nachdenken würden. Und genau deswegen kommt mir gerade DIE Idee – vielleicht sind die beiden Raben ja Teil einer genialen Lösung! Warum bin ich da nicht gleich drauf gekommen?

»Hilda«, rufe ich aufgeregt, »ich habe einen Plan: Wir lassen Hugin und Munin die Nadeln an Bord fliegen. Die sind ja viel schneller als wir. Du hast doch gesagt, du kannst die beiden zu jedem Ort auf dieser Welt kommandieren – egal, wo du dich aufhältst, sie kommen zu dir. Wir gehen also vor, und Hugin und Munin verstecken sich weiter hier zwischen dem Gold. Und erst wenn unser Boot startklar ist, rufst du die Raben zu dir. Mit dem Gold. Das müsste doch klappen, oder?«

»Ja, der Plan könnte funktionieren. So schnell wie Hugin und Munin sind die Zwerge garantiert nicht. Vielleicht schaffen wir es so tatsächlich, das Gold heil an Bord zu bekommen.«

Die Raben legen die Köpfe schief, sie haben offenbar

aufmerksam zugehört. Fand ich die beiden bei unserem ersten Zusammentreffen noch ein bisschen gruselig, so wachsen sie mir langsam echt ans Herz!

Hilda zerreißt den Stoff der Schmuckrolle in lange Streifen, bindet jeweils sechs Nadeln zusammen und dann jeweils ein Päckchen an das Bein eines Raben. Die Tiere hüpfen aufgeregt auf und ab und machen einige Flügelschläge, ganz so, als wollten sie testen, ob sie mit diesem »Gepäck« noch fliegen können. Funktioniert zum Glück tadellos – beide Raben können damit noch abheben!

»Die Rettung der Welt hängt jetzt also von zwei Vögeln ab«, seufze ich, »hoffentlich geht das gut!«

Hilda zuckt mit den Schultern.

»Och, ich glaube, die spannendere Frage ist eher, ob der blöde Siegfried tatsächlich das Boot repariert hat.«

27. Kapitel

Stricken kann Leben retten. Wirklich wahr!

Er hat es hinbekommen! Als wir am Anleger ankommen, tuckert schon der Motor der Xerton. Siegfried steht an Deck und winkt uns zu.

»Da seid ihr ja endlich! Hat euch Munin gleich gefunden? Apropos – wo steckt der eigentlich? Und der andere Rabe ist auch nicht zu sehen! Alles in Ordnung?«

»Ja, die beiden bewachen noch das Gold, damit wir in Ruhe starten können. Sobald wir aus der Gefahrenzone heraus sind, sprich: uns in der Luft befinden, werde ich Hugin und Munin zu mir rufen«, erklärt Hilda unseren Plan.

Siegfried verdreht die Augen.

»Die Vögel passen auf das Gold auf? Und das haltet ihr für sicherer, als wenn ein germanischer Held seine schützende Hand darüberhält? Mann, Hilda, manchmal bist du völlig irre.«

»Mag sein«, erwidert sie kühl. »Erklär du mir lieber, wie du den Motor wieder hinbekommen hast. War da ein Profi dran, oder müssen wir befürchten, über dem Atlantik abzustürzen?«

Siegfried schnaubt empört.
»Was glaubst du denn? Ich habe gleich heute früh vor einer Werkstatt gestanden und den Meister mit ein paar Tausend Euro davon überzeugt, dass er uns bei unserem sehr dringenden Notfall helfen muss. Er war dann mit seinem Spezialwerkzeug hier und hat alles fachmännisch repariert. Der Tank ist so dicht, da passiert gar nichts. Weder über dem Atlantik noch sonst wo.«
Das ist doch wirklich mal eine beruhigende Auskunft. Mein Bedarf an gefährlichen Abenteuern ist für den Moment auch völlig gedeckt.
»Wunderbar, dann kann es ja losgehen«, grinst Hilda, und wir beide klettern an Bord.
»Wo ist denn Urd?«, will sie wissen, als wir vor Siegfried stehen.
»Im Salon. Die bewacht unseren Rollbraten.«
Stimmt! Athos! Den gibt es ja auch noch.
»Den müssen wir aber loswerden, bevor wir uns auf den Rückweg machen«, merkt Hilda an. »Können wir den einfach so an Land aussetzen, oder kann er uns da noch schaden?«, überlegt sie laut weiter.
Ich schüttle den Kopf.
»Nein, ich glaube, den können wir einfach an den nächsten Baum lehnen. So gut verschnürt ist er für niemanden mehr gefährlich. Ich schätze mal, er muss eher aufpassen, dass Porthos und Aramis ihn nicht verprügeln. Kameradenschwein!«
Gesagt, getan – wir wuchten Athos vom Salon, wo er

Frau Urdmann die letzten Stunden beim Stricken zugucken musste, an Deck und tragen ihn dann zu dritt von der Reling über die Gangway an Land. Ich sehe mich kurz um und entdecke neben dem Landstromverteilerkasten für die Boote eine schmale Bank.

»Dort können wir ihn absetzen«, schlage ich vor, und tatsächlich parken wir Athos auf der Bank und lehnen ihn an den Kasten. Damit er nicht rumschreit, haben wir ihn mit einem alten Socken von Siegfried geknebelt. Nicht nett, aber notwendig. Wenn Blicke töten könnten, hätten wir allerdings alle längst ins Gras gebissen. Mitleid habe ich trotzdem keins – wer so ein schlimmer Verräter ist wie Athos, kann froh sein, wenn er hier nicht mit Betonblöcken an den Füßen im Fluss versenkt wird!

Die Leinen los, dann steuert Siegfried die Xerton auf die Seine und langsam, aber sicher aus Paris heraus.

»Willst du Hugin und Munin nicht endlich rufen? Die armen Raben hocken schließlich schon seit ein paar Stunden im Tresorraum«, frage ich Hilda. Die schüttelt den Kopf.

»Ich fühle mich erst richtig sicher vor Alberich, wenn wir endlich in der Luft sind. Ich glaube nicht, dass er uns da noch gefährlich werden kann.«

Na gut, wenn sie meint. Das halte ich zwar für übertrieben, aber was die Raben anbelangt, ist sie eindeutig die Chefin. Und sonst irgendwie auch.

Als wir die Stadtgrenzen endgültig hinter uns gelassen haben, ertönt Siegfrieds Stimme im absoluten Captains-Ton durch den Bordlautsprecher.

»So, Captain Siegfried bittet alle Passagiere, wieder auf ihren Sitzen Platz zu nehmen. Die Xerton wird in Kürze durchstarten.«

Wir setzen uns in den Salon zu Frau Urdmann und schnallen uns an. Dann wieder das gleiche Prozedere wie auf dem Hinflug: Ein Ruck geht durch das Schiff, die Flügel fahren aus, die Xerton beschleunigt sehr schnell und hebt schließlich ab. Frau Urdmann strickt seelenruhig an etwas weiter, das wie ein sehr, sehr langer Schal aussieht, während mein Puls doch deutlich hochgegangen ist.

Ich versuche, mich ein bisschen runterzuatmen und mich auf zu Hause zu freuen. Ob Dad da immer noch in seiner Zeitschleife hockt und mit Frau Verdan-Dimitrowski Kaffee trinkt? Und ob sie ihn in ihrer jüngeren Ausführung oder als ältere Dame besucht hat? Ich werde das Gefühl nicht los, dass sie meinen Dad besonders nett findet. Was hat Hilda noch mal gesagt? Über die Götter und Gefühle? Dass die eigentlich keine haben? Ich bin mir nicht so sicher, ob Hilda da nicht schiefgewickelt ist. Die kann schließlich auch nicht alles wissen, auch wenn sie das denkt. Ich linse zu ihr hinüber. Sie hat die Augen geschlossen und murmelt vor sich hin, dann klatscht sie auf einmal in die Hände.

Keine zwei Minuten später picken Hugin und Munin von außen an die Bullaugen. Wie haben sie das so schnell hierhin geschafft? Ohne übersinnliche Kräfte ja wohl kaum, auch wenn Hilda dauernd das Gegenteil behauptet – so von wegen, sie kommt immer ohne Magie oder göttliches Zeugs aus.

Hilda steht auf, geht zum Bullauge und will es öffnen, als es einen kräftigen Schlag gibt und die Xerton in der Luft erzittert und durchgerüttelt wird. Dann mehrere kleinere Erschütterungen, ganz so, als würde draußen jemand auf der Xerton herumlaufen. Was zur Hölle ist das?
Ich schnalle mich ab und laufe auch nach vorne, um zu gucken, was für diese Erschütterungen sorgt. Ein Blick durch das Bullauge – und ich bekomme schlagartig eine ganz schlimme Gänsehaut. Denn was ich durch das Bullauge sehen kann, ist ein Schuh. Und in dem Schuh steckt ein Bein, von jemandem, den ich kenne. Ich gehe in die Knie, um besser nach oben gucken zu können. Tatsächlich: Es ist das Bein von Athos, der draußen auf der Xerton steht. Und nicht nur, dass er da steht: Unter den einen Arm hat er sich Hugin, unter den anderen Arm Munin geklemmt. Verfluchter Mist! Das darf doch nicht wahr sein? Wie kommt der denn hierher? Und noch viel entscheidender: Wie kommt der von hier weg?
Als ich Athos genauer betrachte, kann ich mir die letzte Frage selbst beantworten. Er trägt nämlich eindeutig etwas auf dem Rücken – dürfte ein Fallschirm sein. Oh! Mein! Gott! Das bedeutet, dass wir so gut wie überhaupt keine Zeit mehr haben, ihm die Raben wieder abzunehmen. Denn wenn er jetzt springt, ist er weg. Und wir können nichts dagegen tun.
»Hilda! Wir müssen sofort da raus und die Raben retten! Der Scheißkerl springt gleich mit seinem Fallschirm von Bord, und dann isser weg!«

»Aber wie willst du das machen? Kannst du fliegen? Hast du auch einen Fallschirm? Wenn du draußen stolperst, bist du weg – das können wir nicht riskieren.« Zum ersten Mal, seit ich Hilda kenne, wirkt sie wirklich aufgelöst. Kein gutes Zeichen! Ich schaue mich im Salon um. Gibt es denn hier nichts, womit man mich sichern könnte? Mein Blick fällt auf Frau Urdmann. Natürlich! Der Schal!

Ich stürze auf sie zu, rufe kurz eine Entschuldigung, und dann schnappe ich mir das Ding. Das eine Ende knote ich mir um die Taille, das andere Ende drücke ich Hilda in die Hand.

»Gut festhalten!«, rufe ich dann und stürze aus dem Salon nach oben auf das Deck. Hilda folgt mir, den Schal hoffentlich fest im Griff. Draußen auf dem Deck werde ich fast weggeweht, und es ist saukalt. Ich gehe ein Stück nach vorn und sehe, dass Athos mit den beiden Raben schon am Rand der Reling steht und im Begriff ist, rüberzuklettern.

»Halt!«, brülle ich ihm zu. Er dreht sich zu mir um und lacht ein ziemlich dreckiges Lachen.

»Glaubst du im Ernst, du könntest mich aufhalten, du Jüngelchen? Lachhaft! Es war ein Fehler, mich einfach draußen abzusetzen. Alberich hat nur darauf gewartet, mich zu befreien, und dank euch konnte ich ihm auch berichten, wo wir das Gold finden würden. Ich habe jedes Wort von dem gehört, was ihr Siegfried erzählt habt.«

»Aber ... aber ... woher wusste Alberich, wo er dich finden würde?«, frage ich entgeistert nach.

»Ha!«, ruft Athos aus. »Ihr denkt wohl, ihr seid die Einzigen, die technisch gut ausgestattet sind, was?« Er lacht hämisch. »Das Gegenteil ist der Fall. Ich bin mit einem GPS-Alarm ausgerüstet. Ein Knopfdruck, und Alberich weiß, wo ich bin. Ich hätte den Alarm auch schon eher aktivieren können, aber ich wollte ja wissen, was ihr mit dem Gold gemacht habt. Als ich es dann wusste, war es ein Kinderspiel.« Wieder ein hämisches Lachen. »Wusstet ihr übrigens, dass Alberich ein ganz ausgezeichneter Hubschrauberpilot ist? Nein? Ist er aber.« Er dreht sich zur Seite und winkt. Tatsächlich – da fliegt ein Hubschrauber. Na, dann ist ja auch klar, wie Athos hier an Bord gekommen ist.

»So, und nun entschuldigt mich. Ich habe noch zu tun.« Er setzt einen Fuß über die Reling und will springen.

»Nein!« Mit einem verzweifelten Satz stürze ich mich auf ihn und bekomme ihn tatsächlich noch zu fassen. Wir gehen beide zu Boden und rollen hin und her. Leider lässt er die Raben dabei nicht los, sondern presst sie so fest an seinen Körper, dass die beiden laut aufkrächzen. Verzweifelt versuche ich, ihn wieder ein Stück weiter auf das Deck zu ziehen, damit er sich nicht so einfach in die Tiefe stürzen kann. Er tritt nach mir, rappelt sich wieder auf und versucht, über die Reling zu klettern. Ich hinterher, nur gesichert durch den Strickschal, der sich schon bedenklich dehnt. Ich hoffe sehr, dass Frau Urdmann bei Wolle Wert auf Qualität legt.

So gut ich kann, packe ich Athos an seinem rechten Arm

und zerre ihn zurück, in der Hoffnung, dass er wenigstens schon mal einen Raben loslassen muss. Hugin – oder ist es Munin? – krächzt und schlägt mit dem Schnabel, aber erwischt dabei blöderweise nur mich. Aua! Ich muss Athos loslassen, so sehr schmerzt der Schnabelhieb. Athos nutzt die Chance und versucht noch einmal, über die Reling zu kommen. Ich werfe mich nach vorn und umklammere mit meinen Händen sein Bein, er tritt nach mir, kann mich aber nicht ohne Weiteres abschütteln.
So bekämpfen wir uns gegenseitig, aber ich muss leider feststellen, dass Athos verdammt stark ist. Nun landet einer seiner Tritte direkt an meiner Schläfe, mir wird für einen Moment schwarz vor Augen. Als ich wieder nach vorn gucke, hat es Athos schon fast geschafft. Mit den Raben unter dem Arm setzt er zum Sprung an – als die Xerton auf einmal in unglaublich dichten Nebel fliegt, der furchtbar in meinen Lungen beißt. Woran erinnert mich das noch mal?
Als sich der Nebel nach einiger Zeit genauso schlagartig verzieht, wie er auch gekommen ist, ist es mir wieder eingefallen: der LOGE 9000! Hilda muss ihn benutzt haben! Ich sehe mich um – vor mir, ganz am Rand des Decks, liegen Athos, Hugin und Munin und schlummern friedlich. Hinter mir steht Hilda und zuckt mit den Schultern.
»Ich wusste nicht, wie wir ihn sonst noch hätten aufhalten können«, sagt sie entschuldigend. »Und einen LOGE 9000 hatte ich noch dabei.«
»War ja nicht deine schlechteste Idee«, räume ich ein.

»Sonst wäre das Nibelungengold jetzt weg. Wir können Athos wieder schön verschnüren, dann macht er wenigstens keinen Ärger mehr, wenn er aufwacht. Und die Raben werden dir die kleine Zwangspause schon verzeihen. Haben die sich wenigstens auch mal ein bisschen ausgeruht. Also alles gut, kein Problem«, sage ich großzügig.
Hilda verzieht den Mund.
»Na ja, *fast* alles gut. Und *fast* kein Problem.«
»Wieso *fast*?«, frage ich verständnislos. Hilda schluckt.
»Kommt jetzt auch ein bisschen drauf an, ob Siegfried schon den Autopiloten angeschaltet hat. Wir haben für die nächste Stunde nämlich keinen Captain. Unserer wurde gerade ausgeknockt.«

28. Kapitel

Flugzeug fliegen leicht gemacht. Mehr oder weniger

»Wo ist denn das Pilotenhandbuch?« Ich durchwühle die Fächer neben dem Steuerrad, kann aber nichts dergleichen finden.
»Was für ein Handbuch?« Hilda guckt mich mit großen Augen an.
»Na, dieses Buch mit den Checklisten drin. Gibt es angeblich für jedes Flugzeug und ist immer das Erste, was sie in Filmen suchen, wenn der Pilot ausfällt. Also genau in solchen Situationen wie jetzt. Du weißt schon – *Flug in Gefahr, Airport* und so.«
»Henry, ich glaube, du schaust zu viel Fernsehen.«
Mag sein, aber immerhin habe ich eine Vorstellung davon, was jetzt zu tun ist. Denn der Autopilot wird uns zwar sicher in den Luftraum über Bayreuth bringen, aber landen müssen wir dann selbst. Dass Siegfried bis dahin wieder wach und einsatzbereit ist, ist leider nicht zu vermuten. Wir haben ihn neben die ebenfalls schlummernde Frau Urdmann in den Salon gelegt, und dort schnarcht er nun laut vor sich hin.

»Such doch auch mal mit«, fordere ich Hilda auf, aber die macht gar keine Anstalten, sich im Cockpit umzusehen.

»Ich glaube nicht, dass Loge so etwas wie ein Handbuch geschrieben hat«, sagt sie, und anstatt noch einmal gründlich zu gucken, setzt sie sich auf Siegfrieds Pilotensitz und guckt sich die Instrumententafel an. »Das kriegen wir schon irgendwie hin. So schwer kann es schließlich nicht sein, wenn Siegfried es ohne große Probleme gelernt hat.«

Gut, das ist natürlich ein Argument. Aber trotzdem wird auch Siegfried den ein oder anderen Landeanflug geübt haben, bevor er das erste Mal alleine landen durfte.

»Können wir dann nicht wenigstens Kontakt mit dem Tower aufnehmen? Und die erklären uns, was wir beachten müssen? Ich würde wirklich sehr ungern eine Notlandung hinlegen!«

»Welcher Tower?« Hilda grinst. »Wir landen auf keinem offiziellen Flughafen. Hinter dem *Papas Pizza* verläuft eine lange, wenig befahrene Straße. Da müssen wir runtergehen. Vielleicht hat Loge ein paar Tipps für uns, wir können ihn anmorsen, wenn wir mit dem Landeanflug beginnen.«

Mein lieber Scholli! Ich wundere mich wirklich, wie cool Hilda mit der Tatsache umgeht, dass wir hier ohne Piloten durch die Gegend fliegen. Ein bisschen mehr Anteilnahme hätte ich da schon erwartet. Immerhin war sie es, die Siegfried betäubt und uns damit erst in diese Situation gebracht hat. Gut, sie hat damit verhindert, dass Athos

mit dem Nibelungengold abgehauen ist, sodass er jetzt stattdessen wieder gefesselt und geknebelt in der Kombüse liegt. Aber wenn wir jetzt gleich abstürzen, ist das für mein persönliches Wohlfühlgefühl auch nicht wirklich hilfreich.
Ich stelle mich hinter Hilda und betrachte die Instrumententafel. Ein kreisrunder Bildschirm rechts vom Steuer scheint mir der künstliche Horizont zu sein. Noch weiter rechts ein Bildschirm, der an ein Navi erinnert. Ich versuche zu verstehen, was genau er gerade anzeigt. Tatsächlich tauchen Städtenamen auf: Offenbar haben wir gerade eine Stadt namens Heidelberg hinter uns gelassen und fliegen als Nächstes über Würzburg. Ob das wohl noch weit weg von Bayreuth ist? Und wie weit ist Bayreuth überhaupt von Paris entfernt? Ich kann mich beim besten Willen nicht mehr an den Hinflug erinnern.
Verstohlen ziehe ich mein Handy aus der Tasche. Wäre doch gelacht, wenn ich mir diese simple Frage nicht per Google beantworten könnte. Ein Blick aufs Display – Mist! Kein Empfang!
»Na, keine Ahnung, wie weit es noch ist?« Hilda grinst.
»Nicht so wirklich. In Deutschland kenne ich mich einfach nicht aus.«
»Kein Problem. Würzburg ist circa 150 Kilometer vor Bayreuth. Wir beginnen also demnächst mit unserem Landeanflug.«
»Landeanflug ohne Handbuch, Tower und Ahnung vom Fliegen. Das kann ja heiter werden!«, fluche ich laut.

»Jetzt entspann dich mal. Ich werde gleich Loge anfunken. Das ist dann ein bisschen so, als hätten wir einen Tower. Mach dir keine Sorgen, das wird schon.«

Keine Sorgen, das wird schon? So kann man auch nur daherreden, wenn man selbst unsterblich ist. Für alle anderen ist die Vorstellung ein echter Albtraum! Ich merke, dass ich hektische rote Flecken im Gesicht bekomme.

»Worauf wartest du denn noch? Funk ihn doch endlich an!«

Hilda rollt – schon wieder! – mit den Augen und greift zu dem Funkgerät, das neben dem Steuer liegt.

»Hallo, hier ist Xantippe – Emil – Richard, Flug 101. Sind im Anflug auf Bayreuth. Pilot ist ohne Bewusstsein, bitte bestätigen.«

Es rauscht und knistert, dann hören wir eine Stimme, die durchaus zu Loge gehören könnte.

»Waaas? Pilot ist ohne Bewusstsein? Meint ihr etwa Siegfried? Das kann doch nicht wahr sein, was ist denn schon wieder mit dem los? Hat er getrunken? Eine Bar in Paris besucht? Ich fasse es nicht. Dem ist doch wirklich nicht zu helfen!«

Ich muss grinsen. Hilda auch. Trotzdem schafft sie es, völlig ernst zu bleiben.

»Hier Xantippe – Emil – Richard. Negativ. Pilot hat nicht getrunken. Pilot ist kontaminiert mit LOGE 9000.«

Noch stärkeres Rauschen.

»Was? Ich kann dich kaum verstehen, Hilda! Was ist passiert?«

»Mann, Loge, ich musste den 9000er an Bord einsetzen, und dabei ist Siegfried umgekippt. Schätze mal, der ist mindestens noch eine halbe Stunde nicht flugfähig, so lange können wir mit der Landung nicht warten. Du musst uns helfen, den Vogel hier runterzukriegen!«

»Verflucht! Kann man euch denn nicht mal drei Tage alleine lassen, ohne dass so ein Mist passiert? Wo seid ihr denn jetzt?«

»Gerade an Würzburg vorbei.«

»Dann seid ihr ja schon fast da! Du meine Güte!«

Weiteres Knistern und Rauschen, Loge scheint mit Papier zu rascheln.

»Nun gut. Ich habe hier das Pilotenhandbuch vor mir liegen. Ich werde euch danach instruieren.«

Waaas? Ich reiße Hilda das Funkgerät aus der Hand.

»Hier ist Henry! Es gibt doch ein Pilotenhandbuch? Aber warum liegt das dann nicht in der Maschine?«

»Henry, mein Junge! Warum liegt das Buch nicht in der Maschine ... Tja, ehrlicherweise fliegt eigentlich nur Siegfried die Xerton, und der ... äh ... ja, der liest ja nicht so furchtbar gern. Also dachte ich mir, es sei sinnvoller, das Buch hier zu Hause in Bayreuth aufzubewahren. Falls man mal was nachschlagen will.«

Großartig. Und deswegen müssen wir jetzt ein Flugzeug, das eigentlich ein Boot ist, auf einem Feldweg hinter einer Pizzeria landen, ohne wenigstens ein Mal einen Blick in die entsprechende Bedienungsanleitung werfen zu können.

»Okay, also was müssen wir machen?«
»Ihr müsst erst mal die Flughöhe verändern, sodass ihr auf Sicht fliegen könnt. Dafür könnt ihr das Steuerrad hoch- und runterdrücken, so wie einen Steuerknüppel. Versuch das mal!«
Hilda steht von dem Sitz auf und macht mir so Platz. Ich setze mich, dann drücke ich das Steuerrad hoch, die Xerton nimmt tatsächlich die Nase nach oben und fliegt höher. Das ganze Kommando zurück, die Nase neigt sich. Das klappt also schon mal.
»Wie tief sollen wir denn runter?«
»So tief, dass du Autos ganz gut erkennen kannst. Sie sollten größer als Ameisen sein.«
Ich drücke das Steuerrad langsam nach unten, wir fliegen tiefer. Als ich einzelne Autos wirklich gut erkennen kann, versuche ich, mit der Xerton auf einer Höhe zu bleiben.
»Ich glaube, wir haben jetzt eine gute Höhe.«
»Bestens. Dann erkläre ich euch mal, wie ihr langsam genug werdet, um zu landen. Ihr fliegt Papas Pizza *am besten von hinten an. Dann müsst ihr nicht über ganz Bayreuth. Das wird zu auffällig, wenn ihr so niedrig fliegt. Wenn also Bayreuth am Horizont auftaucht, geht ihr so weit runter, dass ihr auch Menschen sehen könnt. Die Koordinaten von* Papas Pizza *sind im Bordcomputer einprogrammiert. Seht ihr einen gelben Knopf rechts vom Navigationsbildschirm?«*
»Ja.«
»Drückt den bitte mal.«

Mache ich sofort. Plong! Ein roter Punkt leuchtet auf dem Navigationsbildschirm auf, und der gezeigte Kartenausschnitt verändert sich. Die Xerton beginnt aus eigenem Antrieb eine Rechtskurve zu fliegen. Cool!
»Wenn ihr nah genug an der Pizzeria seid, um mit dem endgültigen Landeanflug zu beginnen, wird der rote Punkt anfangen zu blinken. Das System ist idiotensicher, ich habe es schließlich für Siegfried erfunden.«
»Oh, ich dachte, er hatte die besten Fluglehrer, die man sich so vorstellen kann«, ätzt Hilda aus dem Hintergrund.
Es raschelt, es rauscht, dann hören wir über Funk Loge kichern.
»Ja, die Lehrer waren auch echt gut. Sie sind aber alle ziemlich an Siegfried verzweifelt. Danach war klar – die Xerton würde so bedienerfreundlich wie möglich sein müssen.«
Das soll uns jetzt sehr recht sein.
»Gut, noch mal zurück zum Thema«, werfe ich ein. »Wenn der rote Knopf blinkt – was mache ich dann?«
»Als Erstes mal: Hände weg vom Steuerrad! Das schwenkt sich automatisch auf den richtigen Kurs ein. Zweitens: langsamer werden. Das erreicht ihr, indem ihr den Gashebel neben dem Steuerrad zu euch zieht. Aber nicht zu schnell – sonst riskiert ihr einen Strömungsabriss! Ganz sanft! Guckt aus den Bullaugen, dann seht ihr ja, wie schnell ihr seid. Wenn ihr zu langsam werdet, schlägt der Alarm in Form eines Klingeltons an, dann müsst ihr den

Gashebel wieder von euch wegdrücken. Wenn ihr zu schnell werdet, das gleiche Spiel. Also achtet auf den Klingelton. Sonst müsst ihr nichts machen, die Xerton beginnt den Landeanflug ganz von allein und beendet ihn auch sicher.«
Puh, ist es wirklich so einfach, ein Flugzeug zu landen? Dann werde ich Pilot, aber sofort! Der rote Knopf beginnt zu blinken, ich lasse die Hände vom Lenkrad und verringere nur die Geschwindigkeit. Hey, das geht tatsächlich einfach, ich bin begeistert!
RRRRRIIIIIIIIIIINNNNNG! RRRRRRIIIIIIIINNNNNG!
Okay, vielleicht geht es doch nicht so einfach! Ich gebe wieder mehr Gas, das Klingeln hört auf. Leider nur, um nach nicht mal dreißig Sekunden wieder einzusetzen. Offenbar bin ich jetzt viel zu schnell. Also wieder weniger Gas. Das Klingeln verstummt.
RRRRRIIIIIIIIIIINNNNNG! RRRRRRIIIIIIIINNNNNG! Oh nein! Wieder mehr Gas? Okay, mehr Gas, das Klingeln hört auf. Aus dem Bullauge kann ich sehen, dass wir schon ziemlich dicht über dem Erdboden schweben.
RRRRRIIIIIIINNNNNG! RRRRRRIIIIINNNNNG! Weniger Gas! RRRRRIIIIIIINNNNNG! RRRRRRIIIIII-NNNNNG! Mehr Gas! Weniger Gas! Mehr Gas! Weniger Gas! Mir tropft der Schweiß von der Stirn, und meine Hände zittern, als ich den Gashebel vor und zurück drücke. Aus den Bullaugen kann ich *Papas Pizza* jetzt so nah sehen, dass ich wahrscheinlich schon einen Blick auf die Speisekarte werfen könnte. Da vorn ist auch die Straße, auf der wir landen sollen – hoffentlich geht das gut!

KAWWUUUMMMS! Mit einem harten Schlag setzt die Xerton auf, ich schlage mit dem Kopf sehr schmerzhaft auf das Steuerrad, und Hilda wirft es nach hinten um. AUA! Aber: Wir leben noch! Wir haben soeben ein Flugzeug gelandet, und wir leben noch! Ist das nicht großartig?
Aus der Kombüse höre ich ein Krächzen – kurze Zeit später kommt Hugin ins Cockpit geflogen, oder ist es Munin? Egal. Der Rabe sieht jedenfalls genauso glücklich aus, wie ich mich gerade fühle. Auch im Salon rührt sich etwas. Oder genauer gesagt: jemand. Siegfried.
»Oh mein Gott, diese Kopfschmerzen! Was ist geschehen? Wo sind wir?«
Er taumelt in Richtung Cockpit.
»Kann das sein, dass das gerade der schlimmste Flug meines Lebens war?«
Er schaut zwischen Hilda und mir hin und her.
»Sagt bloß, ihr beiden seid das Ding geflogen?« Ein schnaubendes Lachen. »Kein Wunder, dass es mir so schlecht geht! Aber warum eigentlich? Was ist denn passiert, dass zwei Amateure wie ihr im Cockpit sitzt?«
Dazu könnte ich jetzt relativ viel sagen. Aber ich lasse es einfach.

»Das ist wirklich eine ganz unglaubliche Geschichte.« Wotan streicht sich über seinen kurzen Bart. »Und dass überhaupt solche Zustände in der Pariser Niederlassung herrschen! Ich muss meine Filialen zukünftig enger führen, so ein Chaos!«

Nach unserer geglückten Landung hinter *Papas Pizza* haben wir die Diamantnadeln sofort ins große Xerton gebracht. Nun sitzen wir mit dem Götterchef im Konferenzraum, und Hilda hat eben unser gesamtes Abenteuer von Anfang bis Ende erzählt. Wotan schüttelt abwechselnd den Kopf und rauft sich die Haare, zwischendurch schnaubt er wie ein altes Walross.

»Na ja«, wende ich ein, »d'Artagnan war eben unglücklich verliebt. Ich glaube nicht, dass er jemandem schaden wollte. Er hat sich dann ja sehr bemüht, alles wiedergutzumachen, und Athos in eine Falle gelockt.«

Wotan schüttelt den Kopf.

»Er war *verliebt* ... wenn ich das schon höre! Aber gut – mich hat schon vor eurer Landung sein Antrag auf Teilzeitarbeit erreicht. Er möchte sich *umorientieren und insgesamt mehr auf sein Privatleben achten*, so schrieb er in der Begründung. Pfffff, ich glaube, den schmeiß ich einfach raus, dann hat er demnächst ganz viel Freizeit!«

Loge räuspert sich.

»Chef – nichts überstürzen. Das Paris Office ohne Kontaktperson ist nicht gut. Und bisher war d'Artagnan immer ein guter Mann. Vielleicht braucht er einfach mal 'ne kleine Auszeit. Und da könnte zum Beispiel ... äh ... ich ihn mal vertreten. Würde mir nicht schlecht gefallen. Wenn ich nach Paris reise, könnte ich auch gleich diesen Athos wieder mitnehmen. Ich meine, momentan macht er sich als Tellerwäscher unter Farbautis Fuchtel in der Küche ganz gut, aber ich biete freiwillig an, ihn nach Paris zu

transportieren und Urlaubsvertretung für d'Artagnan zu machen.«
Wotan schlägt die Hände vors Gesicht.
»Nicht schon wieder diese Diskussion, Loge! Ich brauche dich hier in der Zentrale! Keine Auslandseinsätze! Macht denn hier überhaupt noch irgendjemand, was er soll?«
Hilda kichert.
»Oh doch, Vater! Und er sitzt direkt vor dir: Henry Smart.«
Wotan stutzt, dann nickt er.
»Ja, das stimmt. Wer hätte gedacht, dass ein einfacher Mensch einmal ein so guter Agent sein würde.«
Er steht von seinem Sitz auf, geht auf mich zu und legt seine Hände auf meine Schultern.
»Henry Smart, das hast du gut gemacht. Du kannst stolz auf dich sein. Ich bin es jedenfalls.«

29. Kapitel

Ende gut. Alles gut.

Klick. Mein Schlüssel dreht sich im Schloss. Ganz normal, ganz gewöhnlich. So als würde ich gerade aus der Schule nach Hause kommen.

»Hallo, Dad!«, rufe ich laut in den Flur, während ich meine Jacke an der Garderobe aufhänge.

»Hallo, Junior«, ruft er zurück. »Komm doch mal in die Küche, wir haben Besuch! Und zwar sehr überraschenden!«

Gut, für mich ist der Besuch natürlich nicht so überraschend, aber das kann Dad ja nicht wissen. Ich öffne die Küchentür – tatsächlich, da sitzen, gemütlich bei einer Tasse Kaffee, Dad und Frau Verdan-Dimitrowski.

»Hallo, Henry, erinnerst du dich noch an unsere Vermieterin aus Bayreuth? Frau Verdan-Dimitrowski?«

Ich nicke.

»Klaro.«

Allerdings wundere ich mich, dass Dad sich noch an sie erinnert. Denn die Frau, die er in Bayreuth als unsere Vermieterin kennengelernt hat, war optisch ungefähr hundert Jahre alt, während Frau Verdan-Dimitrowski heute offenbar beschlossen hat, als flotte Vierzigjährige bei meinem Vater aufzukreuzen. Mein Vater scheint diese Verwandlung aber gar nicht zu bemerken. Ist wahrscheinlich wieder so ein Nornentrick.

»Hallo, Henry«, grüßt mich Frau Verdan-Dimitrowski freundlich.

»Hallo.«

»Ja, es ist ein irrer Zufall«, erzählt Dad, »wir haben uns eben beim Einkaufen getroffen. Frau Verdan-Dimitrowski ist auf einer Studienreise in San Francisco und hatte Zeit für einen Kaffee. Nachher zeige ich ihr noch ein bisschen die Stadt, bevor sie sich wieder mit ihrer Gruppe trifft. Würde mich freuen, wenn du mitkommst.«

»Ja, das war eben ein wirklich schöner Zufall«, bestätigt die Norne und lächelt dabei unschuldig. Dad wendet sich mit seiner Tasse in der Hand zu mir und mustert mich.

»Henry, kannst du mir mal erklären, wie du aussiehst? Das ist ja peinlich! Kommst aus der Schule und siehst aus, als hättest du dich eine Woche nicht umgezogen. Also wirklich, du bist doch kein Kleinkind mehr. Zieh dich bitte um.«

»Tut mir leid. War ein harter Tag heute«, antworte ich möglichst knapp. »Ich geh mal eben duschen und zieh mir was anderes an.«

Ich verschwinde im Badezimmer und drehe die Dusche auf. Als ich meine Jeans ausziehe und über den Handtuchständer hänge, fällt etwas mit einem Klirren zu Boden. Ich bücke mich und hebe es auf – es ist eine der Diamantnadeln! Wie ist die denn in meine Hosentasche gekommen? An die Nadel ist ein kleiner Zettel geheftet:

Lieber Henry, langsam gewöhne ich mich dran, mit dir die Welt zu retten. Erhol dich und bis zum nächsten Mal. H.

Bis zum nächsten Mal? Eine gruselige Vorstellung. Oder etwa nicht? Ich muss grinsen. Und dann nehme ich endlich eine richtig heiße Dusche.

Die Götter müssen verrückt sein!

Frauke Scheunemann
Henry Smart.
Im Auftrag des Götterchefs. Band 1
288 Seiten · Ab 10 Jahren
ISBN 978-3-7891-0423-7

Henry steht vor den langweiligsten Sommerferien seines Lebens: Er muss mit seinem Vater nach Bayreuth. Doch eine Pizzabestellung ändert alles. Statt der Pizza steht nämlich ein schlecht gelaunter Riese vor der Tür. Kurz darauf liegt Henry auch schon vor Wotans Füßen, ja, dem Götterchef höchstpersönlich. Der hat noch ein Hühnchen mit seinem alten Zwergenfeind Alberich zu rupfen und kann Henry dafür ganz gut gebrauchen. Und ehe er sich's versieht, jagt Henry mit Wotans Tochter Hilda durch die Weltgeschichte.

Auch als e-book

Oetinger

Weitere Informationen unter:
www.henrysmart.de oder **www.oetinger.de**